CATALOGUE

DES

LIVRES RARES ET PRÉCIEUX

COMPOSANT LA

BIBLIOTHÈQUE DE SIR RICHARD TUFTON

BARONNET.

ORDRE DES VACATIONS.

Première vacation. — *Lundi* 7 *avril* 1873.

Nᵒˢ 10 à 99
192 à 228
6 à   9

Deuxième vacation. — *Mardi* 20 *avril.*

151 à 191
100 à 150
1 à   5

CONDITIONS DE LA VENTE.

La vente se fera expressément au comptant.

Il y aura chaque jour de vente, à UNE HEURE, exposition des livres composant la vacation du jour.

Les adjudicataires payeront, en sus des adjudications, *cinq pour cent* applicables aux frais.

M. Adolphe Labitte se chargera de remplir les commissions des personnes qui ne pourraient assister à la vente.

Paris. — Imprimerie de Georges Chamerot, rue des Saints-Pères, 19.

CATALOGUE

DES

LIVRES RARES ET PRÉCIEUX

ET DES

MANUSCRITS ANCIENS

COMPOSANT LA

BIBLIOTHÈQUE DE SIR RICHARD TUFTON

BARONNET.

La vente aura lieu les lundi 7 et mardi 8 avril 1873
à deux heures trés-précises

Hôtel des commissaires-priseurs, rue Drouot

SALLE N° 5, AU PREMIER

Par le ministère de Mᵉ DELBERGUE-CORMONT, commissaire-priseur
Rue de Provence, 8

Et de Mᶜ BELLIOT, son confrère, boulevard Voltaire, 48.

Exposition publique le dimanche 6 avril 1873.

PARIS

ADOLPHE LABITTE

LIBRAIRE DE LA BIBLIOTHÈQUE NATIONALE
4, rue de Lille, 4.

1873

Il est presque inutile d'insister sur l'importance d'une
collection formée de ce que les plus riches bibliothèques
vendues de nos jours avaient de plus irréprochable et de
plus précieux. Aussi n'avons-nous d'autre intention que
de citer quelques articles dont le rapprochement n'est pas
sans intérêt.

Dans un si petit nombre d'ouvrages on peut suivre les
commencements de l'art typographique et ses rapides
progrès. Les plus beaux échantillons de Manuscrits avec
miniatures, du quinzième siècle, sont suivis d'un mo-
nument admirablement conservé de l'Art Xylographique.
Guttenberg est cité comme ayant imprimé le *Tractatus
Rationis* (n° 27). — Les Aldes sont réunis en grand
nombre, et en très-beaux exemplaires : *Platon*, 1513
(n° 39). — *Aristote*, 1495-98 (n° 41). — *Théodore Gaza*,
1495 (n° 72). — *Virgile*, de 1527. — *Horace*, de 1509 et
de 1519. — *Lucain*, de 1502. — *Martial*, de 1501. —
Sophocle, 1502. — *Euripide*, 1503. — *Le Songe de Poliphile*, de 1499. — Vérard (*Antoine*), le plus grand des
imprimeurs français du seizième siècle, compte parmi ses
plus belles impressions les *Heures* de 1500 sur vélin

(n° 6). — *Le Jardin de santé*, 1501 (n° 62-63). — *Les Cent Nouvelles Nouvelles*, 1486 (n° 161). — *Boccace. La Généalogie des Dieux*, 1498 (191). Pour LES ELZEVIERS, leurs jolies éditions ont été réunies avec choix et les exemplaires sont remarquables pour leur grandeur : *Montaigne*, 1659 (n° 46). — *Cicéron*, 1642, le plus grand exemplaire connu (n° 181). *Tite-Live*, 1678 (n° 197).

Si nous voulions étendre ce tableau d'une si petite et si brillante collection, nous parlerions des éditions rares des poëtes français qu'elle renferme, des éditions originales de la *Farce de Pathelin* (n° 136), du *Rommant de la Rose* (n° 100), et d'autres éditions précieuses de nos classiques, telles que le *Montaigne*, 1595 (n° 45), et le *Sicilien* de Molière (n° 139). Nous nous contenterons de désigner à l'attention des amateurs : 1° LES LIVRES ANNOTÉS, 2° LES ROMANS DE CHEVALERIE, 3° LES RICHES ET PRÉCIEUSES RELIURES DU SEIZIÈME SIÈCLE.

LES LIVRES ANNOTÉS, sont :

N° 25. *Le Bon Sens de d'Holbach, avec notes de Voltaire.*

33. *Explication des Maximes des saints de Fénelon*, édition originale avec notes de Godet des Marais, l'un des examinateurs du livre.

36. *Démonstration de l'existence de Dieu*, avec les notes du curé Meslier.

39. *Platon* avec des notes de RABELAIS.

140. *Gustave, tragédie de Piron,* avec de nombreuses corrections de la main de l'auteur.

218. *Le Siècle de Louis XIV*, par Voltaire, exemplaire préparé et annoté par lui pour une seconde édition.

Les Romans de Chevalerie sont réunis sous les nᵒˢ 143-150. C'est un choix qui se compose de *Arthus de Bretagne*, 1502. — *Lancelot du Lac*, 1533. — *Méliadus de Leonnois*, 1528. — *Ogier le Dannois*, s. d. — *Theseus de Conlongue*, 1534. — *Amadis de Gaule*, 1555-1560. — *Les Quatre fils Aymon*, 1526.

Les Reliures si belles et si précieuses du seizième siècle sont nombreuses : 1° Les reliures faites pour Grolier (nᵒˢ 77-164-190). 2° Les reliures portant l'emblème adopté par Canevarius (59-74-201). — 3° *Freculphius*, volume enrichi d'une reliure portant le nom si connu de Maioli (n° 185). — 4° *Erasmus*, relié pour le prince De Croy, avec son nom et sa devise (n° 172). — *Tacite*, exemplaire de dédicace aux armes du cardinal de Tournon (n° 202). — *La Bible*, si richement reliée pour le cardinal Salviati (n° 10). — Enfin les volumes reliés pour les Empereurs d'Allemagne (nᵒˢ 58 et 205).

Nous terminerons ces quelques lignes par un vœu que formeront tous ceux qui pourront admirer tant de richesses, c'est qu'elles restent en France !

CATALOGUE

DES

LIVRES RARES ET PRÉCIEUX

COMPOSANT LA

BIBLIOTHÈQUE DE SIR RICHARD TUFTON
BARONNET

MANUSCRITS.

1. **HORÆ.** Pet. in-4, relié en bois recouvert de veau br. estampé.

Superbe manuscrit du XVe siècle sur vélin, orné de 38 grandes et belles miniatures et de 861 petites, toutes d'une exécution remarquable et dont plusieurs sont fort originales et fort singulières.

Il contient 170 feuillets. Le texte, d'une très-belle écriture gothique, est entouré de riches encadrements en or, d'une finesse exquise et d'une grande richesse de coloris. C'est au milieu de ces encadrements, savoir, en haut, en bas et sur les côtés des pages, que se trouvent les nombreuses et charmantes petites miniatures, au nombre de 860 environ, c'est-à-dire 3 par page, qui en rehaussent encore la richesse et l'intérêt. Ces miniatures représentent différents sujets de la Genèse, de la Bible et même quelques scènes mondaines, qui sont peintes avec une grande liberté. Presque toutes celles du haut des pages représentent des animaux fantastiques ou fabuleux dans le genre de ceux de l'Apocalypse, ou des scènes allégoriques.

Les grandes miniatures, au nombre de 38, sont de toute beauté, et traitent des sujets plus particulièrement relatifs aux différentes parties de ce livre d'heures. Elles méritent d'être décrites ici en détail :

La 1re représente les *quatre Évangélistes;*

La 2e, l'*Annonciation;*

R.   1

La 3ᵉ, la *Visite de sainte Élisabeth à la sainte Vierge ;*

La 4ᵉ, les *Bergers recevant la nouvelle de la naissance de Jésus ;*

La 5ᵉ, l'*Adoration des Mages ;*

La 6ᵉ, la *Présentation de Jésus au Temple ;*

La 7ᵉ, la *Fuite en Égypte ;*

La 8ᵉ, l'*Assomption* (et au bas, la *Mort de la sainte Vierge*) ;

La 9ᵉ, *Jésus-Christ lavant les pieds à ses disciples,* la *Cène,* la *Vendition de Jésus-Christ par Judas,* le *Baiser de Judas* et les *premières scènes de la Passion ;*

La 10ᵉ, la *Pentecôte ;*

La 11ᵉ, *Jésus-Christ au jardin des Olives ;*

La 12ᵉ, *Jésus-Christ portant sa croix ;*

La 13ᵉ, *Jésus-Christ attaché à la croix ;*

La 14ᵉ, le *Golgotha,* la *Mort de Jésus-Christ ;*

La 15ᵉ, la *Descente de croix ;*

La 16ᵉ, l'*Ensevelissement de Jésus-Christ ;*

La 17ᵉ, le *Roi David en prière* (et autour, *David berger,* la *Mort de Goliath*) ;

La 18ᵉ (très curieuse), le *Jugement dernier* et la *Résurrection des morts ;*

La 19ᵉ, la *Vierge et l'enfant Jésus ;*

La 20ᵉ, la *Sainte Trinité* entourée de têtes d'anges et d'emblèmes des quatre Évangélistes ;

La 21ᵉ, le *Martyre de saint Pierre,* et *Saint Paul renversé sur le chemin de Damas ;*

La 22ᵉ, la *Décollation de saint Jean-Baptiste ;*

La 23ᵉ, le *Triomphe de saint Michel sur le démon ;*

La 24ᵉ, le *Martyre de saint Étienne ;*

La 25ᵉ, le *Martyre de saint Laurent ;*

La 26ᵉ, *Saint Christophe ;*

La 27ᵉ, *Saint Georges vainqueur du dragon ;*

La 28ᵉ, *Saint Nicolas et les enfants ;*

La 29ᵉ, *Saint Éloi ;*

La 30ᵉ, *Saint Martin partageant son manteau avec un pauvre ;*

La 31ᵉ, le *Martyre de saint Sébastien ;*

La 32ᵉ, la *Tentation de saint Antoine ;*

La 33ᵉ, *Jésus et Marie Magdeleine ;*

La 34ᵉ, *Sainte Catherine ;*

La 35ᵉ, *Sainte Marguerite ;*

La 36ᵉ, le *Martyre de sainte Apolline ;*

La 37ᵉ, le *Commun des vierges ;*

La 38ᵉ le *Commun des pontifes.*

Au bas de presque toutes ces grandes miniatures il s'en trouve de petites, semblables à celles dont nous avons parlé ci-dessus.

Le calendrier est orné aussi de charmantes miniatures formant encadrement et représentant des sujets variés ou des scènes en rapport avec les diverses époques de l'année.

Ce beau manuscrit provient de la bibliothèque de M. CHÉDEAU, de Sau-

mur. Il a été payé 7,020 fr., plus les frais. On peut consulter la description
très-étendue et très-intéressante qui en a été faite par M. Le Roux de Lincy,
pages 8 à 11 du catalogue de cette bibliothèque (*Paris, L. Potier*, 1865).

2. HEURES MANUSCRITES en latin. Pet. in-8 carré, v. gr.

Manuscrit sur vélin du commencement du quinzième siècle, d'une bonne
écriture gothique, orné de 48 miniatures et d'initiales en couleurs. Les miniatures sont curieuses et d'une grande naïveté.

3. HORÆ. In-8, mar. n. fil. tr. dor. (*Rel. anc.*)

Manuscrit du quinzième siècle sur vélin, d'une belle écriture gothique,
orné de 15 miniatures d'un très-bon goût, sur fond quadrillé d'or et de couleurs. Toutes les grandes lettres sont aussi en or et en couleurs, et ornées de
feuillages et de fleurs, le tout peint avec une grande finesse. Il contient
222 feuillets.

4. LIVRE D'HEURES en latin. In-8, mar. r. compart. semés de fleurs de lis, dos orné de même, tr. dor. (*Rel. anc.*)

BEAU MANUSCRIT DU QUINZIÈME SIÈCLE, sur vélin, orné de 11 grandes
miniatures et de 30 petites. En outre, chaque page est ornée d'une bordure
très-riche à fond d'or, dans laquelle sont peints des plantes, des animaux
et des grotesques, tels que singes bottés, oiseaux fantastiques à têtes hu-
maines, etc., le tout exécuté avec une remarquable perfection.

Certains sujets qui y sont représentés sont des plus singuliers.

Ces Heures paraissent avoir été faites pour un abbé, dont on voit, au
bas de la troisième miniature, les armoiries (d'azur, à trois étoiles d'or, au
croissant d'argent en cœur) surmontées de la crosse.

Ce beau manuscrit provient de la collection de Mme la duchesse de Berry,
vendue en mars 1864 (n° 19 du catalogue). Sur le premier feuillet de garde
se trouve la signature de la princesse.

XYLOGRAPHE.

———

5. APOCALYSIS SANCTI JOHANNIS. Pet. in-fol. mar. br. riches compart. à froid, tr. dor.

PREMIÈRE ÉDITION de ce RECUEIL PRÉCIEUX de figures sur bois, représentant les divers sujets de l'Apocalypse. C'est un des plus curieux et remarquables monuments de la xylographie, ou imprimerie avec des planches de bois, antérieure à l'invention de l'imprimerie en caractères mobiles.

Ce recueil contient 48 feuillets, imprimés d'un seul côté et renfermant environ 75 sujets différents, avec une explication en latin à côté de chaque sujet, en caractères semi-gothiques. Toutes ces figures ont été coloriées vers la même époque, mais non pas de façon à couvrir les lignes de la gravure. Tous les feuillets sont montés sur onglets.

Une note manuscrite moderne, jointe à cet exemplaire, donne les différences qu'il présente avec la description faite par Heineken de la même édition. Quelques feuillets ont des raccommodages.

IMPRIMÉS SUR VÉLIN.

6. HEURES A L'USAGE DE PARIS. (A la fin :) *Ces presentes heures a lusage de Paris furent acheuees le
viiii jour daoust mil cinq cens, pour Anthoine
Verard, libraire demourant a Paris....* in-8,
nombr. fig. sur bois, marque au verso du dernier
feuillet, v. f. riches compart. dos orné, tr. dor.
(*Rel. du* xvi° *siècle.*)

BEL EXEMPLAIRE IMPRIMÉ SUR VÉLIN, avec toutes les initiales en or et
en couleurs. Il est dans sa reliure du temps, qui est assez bien conservée.

7. HORE INTEMERATE VIRGINIS MARIE secundum usum
romanum cum pluribus orationibus tam in gal-
lico q. in latino. (A la fin :) *Ces presentes heures
a lusaige de Rōme furent achevees le x. jour de
janvier lan mil cinq cens et troys, par Kerver,
imprimeur.... de Paris, pour Gillet Remacle....*
in-8, fig. et encadr. sur bois. rel. sur bois, recouv. de v. f. orn. à fr. et dor. tr. dor. (*Reliure
du temps.*)

Belle édition, ornée de figures et encadrements sur bois très-remarquables.
Les quatrains du titre sont en latin et en français, et une grande partie du
texte est aussi en français.

EXEMPLAIRE IMPRIMÉ SUR VÉLIN, dans sa première reliure, bien conservée.

8. HORE BEATE MARIE VIRGINIS secundum usum
romanum cum illius miraculis una cum figuris
Apocalipsis post Biblie figuras insertis. *S. l. n. d.*
(Marque de Simon Vostre sur le titre, et calen-

drier pour 20 ans à partir de 1507), in-8, goth.
fig. sur bois, v. br. riches compart. dos orné, tr.
cisel. et dor. (*Belle reliure du temps.*)

BEL EXEMPLAIRE IMPRIMÉ SUR VÉLIN. La reliure, qui date évidemment
du commencement du seizième siècle, est très-bien conservée.
Édition ornée de belles figures et de curieux encadrements gravés sur bois.

9. CES PRESENTES HEURES a lusaige de Rōme sont tout
au long sans riens requerir avec les quīze oraisons
saīcte Brigide et plusieurs autres oraisons..... *Et
sont imprimees pour Guillaume Eustache, libraire
du Roy....* (A la fin :) *Si finissent les heures aux
grans suffraiges : nouvellement imprimees a Paris
par Nycolas Hygman... pour Guillaume Eustache,* lan mil cinq·cens et x vii... gr. in-8, fig.
sur bois, rel. en velours vert.

TRÈS-BELLE ÉDITION, ornée de charmantes gravures sur bois, avec deux
marques différentes de Guill. Eustace, au commencement et à la fin du volume.

SUPERBE EXEMPLAIRE IMPRIMÉ SUR VÉLIN, très-grand de marges, avec
grandes et petites initiales en or et en couleurs.

THÉOLOGIE.

10. BIBLIA SACRA juxta Vulgatā editionem.... Joannis Benedicti... industria restituta. *Parisiis, Carol. Guillard et Gulielm. Desboys,* 1552, 2 part. petit in-fol. en 3 vol. nombr. vign. sur bois, mar. r. riches compart. dos orné, tr. dor. ciselée.

Belle reliure romaine du seizième siècle. Exemplaire aux armes du cardinal SALVIATI, mort en 1553.

De la bibliothèque de M. E. P. (vente d'avril 1862).

11. BIBLIA SACRA, Vulgatæ editionis, Sixti V... jussu recognita et Clementis VIII... auctoritate edita. *Parisiis, apud Sebast. Martin,* 1656, pet. in-8, frontisp. gr. mar. r. fil. dos orné, tranche dor. (*Derome.*)

Jolie édition, en petits caractères, de la Bible *dite de Richelieu.*

SUPERBE EXEMPLAIRE en grand papier, relié par DEROME, provenant de la vente de CHARLES NODIER.

12. LA SAINTE BIBLE, contenant l'Ancien et le Nouveau Testament, traduite en françois sur la Vulgate, par M. le Maistre de Sacy, divisée en huit tomes. *Mons, Gaspard Migeot,* 1703, 8 vol. pet. in-8, frontisp. gr. réglé, mar. r. doublé de mar. r. dent. tr. dor. (*Jolie rel. anc.*)

Bel exemplaire de RENOUARD. A l'intérieur, sur les plats de la reliure, se trouvent ces mots, imprimés en lettres d'or : « MADAME DE CHAUMONT. »

Le 7ᵉ volume, qui ne porte pas ce nom, est un peu plus court, mais sa reliure est de la même taille que celle des autres volumes.

13. PSALTERIUM LATINUM. *Beatus vir q̄ nō abiit i c̄silio ipioꝗ* || .... *S. l. n. d.,* pet. in-fol. goth. de

98 ff. à 22 lignes par page, mar. r. compart. à
fr. tr. dor. (*Gruel.*)

Très-belle édition, rare et précieuse, décrite dans Hain (t. IV, nᵘ 13466).
Bel exemplaire, très-grand de marges.

A la fin se trouve une mention manuscrite du quinzième siècle, en allemand, dont voici la traduction : « *L'homme honorable maître Jean Pfeijl,
imprimeur et citoyen de Bamberg, a donné ce Psautier à moi (S. Küngund
Eppenawerin). Priez Dieu pour lui.* »

14. Le Nouveau Testament de Nostre-Seigneur
Jesus-Christ, traduit en françois (par Ant. le Maistre, Ant. Arnauld et le Maistre de Sacy). *Mons,
Gaspard Migeot (Amsterdam, les Elsev.)*, 1667,
in-12 à 2 col. mar. bl. fil. à fr. doublé de tabis
rose, garde de pap. doré, tr. dor. (*Du Seuil.*)

Seconde édition, en petits caractères, de la célèbre traduction de *Port-
Royal.*
Bel exemplaire de Pixerécourt.

15. Le Nouveau Testament de Nostre-Seigneur Jesus-
Christ (même traduction).... *Mons, Gaspard Migeot (Bruxelles, imp. de E.-H. Fricx)*, 1673,
2 part. en 1 vol. in-8, beau frontisp. gr. mar. bl.
fil. à fr. tr. dor. (*Thompson.*)

16. HISTORIARUM VETERIS TESTAMENTI icones
ad vivum expressæ, una cum brevi, sed quoad fieri
potuit dilucida earundem et latina et gallica expo-
sitione. *Lugduni, sub scuto Coloniensi*, 1539 (et
in fine :) *Lugduni, Melchior et Gasper Trechsel
fratres excudebant*, tr.-pet. in-4, 94 fig. sur bois,
mar. br. compart. dos orné. tr. dor. (*Thompson.*)

Édition rare, la seconde de ce livre précieux, ornée de 94 belles planches gravées sur bois d'après les dessins d'Holbein. Le dernier feuillet, dont
le verso est blanc, porte au recto la marque de l'imprimeur.

Au bas de chaque figure se trouvent des quatrains en français, qui sont la
traduction des quelques lignes de texte latin placées en tête de chaque page.
Ces quatrains sont probablement de Gilles Corrozet, car on lit au commencement du volume une épître française signée de lui et adressée aux lecteurs.
Bel exemplaire grand de marges.

17. Icones historicæ Veteris et Novi Testamenti. Figures historiques du Vieux et du Nouveau Testament, accompagnées de quadrains en latin et en françois.... (par Chappuzeau). *Genevæ, apud Samuelem de Tournes,* 1681, 2 part. en 1 vol. in-8, nombr. fig. sur bois du Petit Bernard, v. f. dent. dos orné, tr. dor.

18. Hexastichon Sebastiani Brant in memorabiles evangelistarum figuras (edidit Georg. Relmisius). (In fine :).... *Ista tibi (lector) Tohmas (sic) Phorcensis cognomento Anshelmi tradidit....* 1502, pet. in-4 de 17 ff. lettres rondes, 15 fig. sur bois, mar. ol. jans. dent. intér. tr. dor. (*Duru et Chambolle.*)

Petit livre singulier et très-rare, orné de 15 gravures sur bois des plus bizarres.

C'est une copie du fameux recueil xylographié intitulé : *Ars memorandi,* avec une préface de l'éditeur Georg. Relmisius et des explications, suivies de vers latins, placées en face de chaque figure. Ces vers, au nombre de douze par page, sont du moine Pierre Rosenheim (Simler) et correspondent aux chiffres arabes placés sur les figures.

19. Traitté de la situation du Paradis terrestre... par messire Pierre-Daniel Huet, évêque d'Avranches. *Amsterdam, François Halma,* 1701, pet. in-8, beau frontisp. gr. et carte, mar. bl. fil. à fr. tr. dor. (*Lortic.*)

20. Missale Romanum ordinarium..... in qua etiam recens adjuncte sunt misse Angeli Gabrielis et sancti Ambrosii doct. eximii... (In fine :) *Venetiis impressum in edibus Domini Luce Antonii de Giunta...* 1521, pet. in-fol. goth. à 2 col. impr. en rouge et noir, v. f. et v. br. riches compart. dos orné, tr. ciselée et dorée, fermoirs.

Riche reliure du seizième siècle.

Belle édition, imprimée en rouge et noir, avec le plain-chant noté, de nombreuses figures sur bois et les grandes lettres ornées.

21. EUSEBIUM PAMPHILI de evangelica praepa-
ratione | latinum ex græco, beatissime pater, jussu
tuo effeci..... (In fine :) M. cccc. LXXIII. *Leon-
hardus Aurl*, in-fol. de 149 ff. non chiffrés, lettres rondes, rel. en bois, recouv. de v. estampé,
larges clous en cuivre dans les coins et au milieu.

Édition rare. Exemplaire dans sa première reliure, très-grand de marges.

22. D. Aurelii Augustini... libri XIII Confessio-
num... opera et studio R. P. H. Sommalii. *Lugduni, apud Danielem Elzevirium*, 1675, petit
in-12, frontisp. gr. mar. r. fil. dos et coins ornés,
tr. dor. (*Rel. anc.*)

Édition recherchée. Hauteur de cet exemplaire : 129 millim.
Exemplaire assez grand de marges ; cependant deux feuillets mal pliés ont
été trop rognés en tête, et le titre courant a été atteint.

23. Defensorium inviolate perpetueque virginitatis
beatæ Mariæ Virginis. *S. l. n. d.*, pet. in-4, sem.
goth. fig. sur bois, mar. br. riches compart. genre
Grolier, doublé de mar. r. très-riches compart. à
petits fers, dos orné, tr. dor. (*Hardy et Marius
Michel.*)

Petit livre très-rare, imprimé vers 1470. Il est curieux et singulier non-
seulement pour les 53 figures sur bois très-bizarres dont il est orné, mais encore à cause des raisonnements extraordinaires que l'auteur apporte à l'ap-
pui de sa thèse sur l'immaculée conception de la Sainte Vierge.

Cet ouvrage commence par ces mots, placés au-dessus de la première gravure sur bois, représentant l'Annonciation : « *Hanc plenam gracia salutare
mente serena;* » le dernier feuillet, dont le verso est blanc, porte au recto
une figure sur bois représentant la Vierge tenant l'Enfant Jésus.

Superbe exemplaire, orné d'une très-riche reliure, dont les compartiments ont été copiés sur une reliure faite pour Grolier. La dorure, exécutée
par Marius Michel et portant sa signature, est vraiment remarquable de finesse
et de perfection.

C'est l'exemplaire de la vente Solar (n° 68) porté sous le titre : *Historiæ Virginis Mariæ.*

24. Traité de la nature et de la grâce, par M. Malebranche. *Amsterdam, Daniel Elsevier,* 1680, pet. in-12, v. f. fil. dos orné, tr. dor. (*Simier*).

Bel exemplaire, 140 millim. avec l'Eclaircissement, ou la suite du Traité. *Amsterd., veuve D. Elzevier.* 1681, 68 pages.

25. Le Bon Sens, ou idées naturelles opposées aux idées surnaturelles (par le baron d'Holbach). *Londres,* 1774, pet. in-8, demi-rel. mar. r.

Avec un grand nombre de notes autographes inédites de la main de Voltaire. Ce volume provient de la vente Renouard.

26. Ars moriendi (en allemand). Eyn löblich und nutzbarlich Puchelein von dem sterben, wie ein ytzlich christen..... (A la fin :) *Gedruckt zū Nüremberg durch her Hansen Weyssenbürgen*..... petit in-4, goth. de 16 ff. contenant 13 figures sur bois et la grande marque de l'imprimeur sur fond noir, mar. br. compart. tr. dor. (*W. Pratt.*)

Traduction allemande, très-ancienne et très-rare, de l'*Ars moriendi*. Elle doit avoir été imprimée dans les premières années du seizième siècle. Ni Heineken ni Brunet ne citent cette édition.

27. Matthæus de Cracovia, Tractatus rationis et conscientiæ. *S. l. n. d.,* pet. in-4, sem. goth. de 22 ff. mar. r. fil.

Petit livre rare, que l'on suppose avoir été imprimé, vers 1460, par Guttenberg. Exemplaire bien conservé.

28. Encomium trium Mariarum cum earundem cultus defensione adversus Lutheranos. Solennique missa et officio canonico... opera et industria Joannis Bertaudi Petragorici..... (*Parisiis*), *Venundatur a Jodoco Badio et Galeoto a Pratis,* s. d. (1529), 2 part. en 1 vol. in-4, v. ant. dent. compart. à fr.

Ouvrage curieux, surtout pour les belles gravures et encadrements sur bois dont il est orné. D'après la description qu'en donne M. Brunet, le présent exemplaire ne contiendrait que les deux premières parties (de 18 et

60 feuillets), la première imprimée en lettres rondes, et la seconde en caractères gothiques, avec encadrements historiés gravés sur bois.

Le *privilége* du commencement est en français, ainsi que la traduction
abrégée de l'Écriture sainte qui se trouve dans les blancs des encadrements,
et une pièce de poésie intitulée : *Tres devote Oraison des troys Marie en
françoys*, qui termine le volume.

Exemplaire de M. BORLUUT DE NOORTDONCK, acheté à la vente Chédeau.

29. TRACTATUS DE IMITATIONE CHRISTI (P. Thomæ
a Kempis), cum tractatulo de meditatione cordis
(per Joan. Gerson). In fine : *Argentine impressus
P. Martinum Flach*, anno Domini M. cccc.
lxxxvij, 81 ff. goth. non compris 4 ff. pour la
table et le titre. — Sermones sancti Augustini ad
heremitas... *S. l. n. d.*, 65 ff. goth. dont 59 ff.
chiffrés. — Baptista Guarinus de modo et ordine
docendi ac discendi. (In fine :) *Impressus Heydel-
berge per Henr. Knoblochtzer*, 1489, 11 ff.
goth.; le tout en 1 vol. pet. in-4, vél. blanc,
(*Raparlier.*)

Beaux exemplaires d'une parfaite conservation. Les initiales et quelques
bordures sont peintes en or et en couleurs.

30. De Imitatione Christi libri quatuor.... ex recensione Josephi Valart. *Parisiis, J. Barbou*, 1758,
in-12, mar. r. large dent. dos orné, tr. dor.
Jolie reliure ancienne.

31. HORTULUS ANIME (seu officium B. Mariæ Virginis) denuo diligenter et exacte castigatus : salu-
berrimas ac devotissimas continens orationes.
(In fine :) ....*Sumptibusque Thome Wolf civis Basiliensis...* anno 1519, très-pet. in-8, goth. nombr.
fig. sur bois, initiales et chapitres impr. en rouge,
v. f. riches compart. à mosaïque, tr. dor. (*Jolie
rel. du* XVIe *siècle.*)

Livre curieux pour ses nombreuses gravures sur bois.

L'exemplaire est orné d'une riche reliure du seizième siècle, très-bien conservée, dont les compartiments, formés par des incrustations de veau rouge,

vert et noir, renferment au milieu les aigles à deux têtes de l'empire d'Allemagne, surmontés de la couronne impériale. Aux quatre coins se trouvent des fleurs de lis.

Les marges d'un grand nombre de feuillets sont couvertes de notes manuscrites, qui paraissent être d'une écriture du seizième siècle.

32. HORTULUS ANIME..... (In fine :) *Sumptibusque Thome Wolf civis Basiliensis*, 1519, pet. in-8 carré, mar. br. riches compart. à fr. tr. dor. (*Raparlier.*)

Autre bel exemplaire.

33. EXPLICATION DES MAXIMES DES SAINTS sur la vie intérieure, par Fénelon. *Paris, Pierre Aubouin,* 1697, in-12, mar. r. compart. dos orné, tr. dor. (*Rel. anc.*)

Édition originale. EXEMPLAIRE PRÉCIEUX, aux armes de GODET DES MARAIS, évêque de Chartres, et couvert de notes de la main de ce prélat. Ce fut lui, comme on le sait, qui fut chargé par l'autorité ecclésiastique, avec Bossuet et le cardinal de Noailles, de l'examen de cet ouvrage de Fénelon.

34. Abrégé de la morale de l'Évangile, ou Pensées chrestiennes sur le texte des quatre Évangélistes (par le P. Quesnel). *Paris, André Pralard,* 1689-1687, 3 vol. in-12, réglé, mar. r. fil. compart. dos orné, tr. dor. (*Du Seuil.*)

35. SPECULŪ ARTIS BENE MORIENDI de templatōnibus penis infernalibus interrogatoïbus agonisantium et variis orationibus pro illorum salute faciendis. *S. l. n. d.* (avant 1500), pet. in-4, sem. goth. fig. en bois sur le titre, v. f. dent. à fr.

Petit livre très-rare, contenant 16 feuillets non chiffrés, sign. *a — c iiii*, et dont les figures sont copiées sur celles des éditions xylographiques de l'*Ars moriendi.*

36. OEuvres philosophiques, première partie : démonstration de l'existence de Dieu.... par Féne-

lon. *Paris, Florentin Delaulne*, 1718, in-12, beau portr. ajouté, v. f.

Exemplaire du curé J. **Meslier**, trouvé chez lui après sa mort et rempli de nombreuses et longues notes marginales de sa main.
De la bibliothèque d'Ant.-Aug. Renouard.

37. LA CLEF DU SANCTUAIRE, par un sçavant homme de notre siècle (traduit du latin de B. Spinosa, par le chevalier de Saint-Glain). *Leyde, Pierre Warnaer,* 1678, pet. in-12. — Réfutation des erreurs de Benoît de Spinosa, par M. de Fénelon, le P. Lami et le comte de Boulainvilliers, avec la vie de Spinosa par M. Jean Colerus. *Bruxelles, Fr. Foppens,* 1731, pet. in-12; ensemble 2 vol. pet. in-12, mar. r. fil. dos orné, tr. dor. (*Derome*).

Superbe exemplaire, grand de marges, avec une charmante reliure de **Derome**.
Le premier ouvrage est ici avec les trois titres. (*La Clef du sanctuaire...* — *Réflexions curieuses d'un esprit dés-intéressé* (sic)... — et *Traitté des cérémonies superstitieuses des Juifs...*)
Ce bel exemplaire provient de la bibliothèque de M. de **LA BÉDOYÈRE**.

SCIENCES ET ARTS.

—

38. Omnia Platonis opera (græce). *Venetiis, in ædibus Aldi et Andreæ soceri....* 1513, pet. in-fol. mar. r. large dent. tr. dor. (*Rel. anc.*)

Première édition, recherchée. Exemplaire bien complet, mais piqué de plusieurs trous de vers.

39. OMNIA PLATONIS OPERA (græce). *Venetiis, in ædibus Aldi et Andreæ soceri...* 1513, pet. in-fol. 2 part. en 1 vol. v. viol. compart. à fr. (*Reliure du* xvie *siècle.*)

Exemplaire précieux, portant sur le titre la signature autographe de Rabelais : *Francisci Rabelesi — et ejus amicorum christianorum* (cette dernière partie en grec), et contenant en outre, sur les marges de 11 feuillets, des notes manuscrites d'une écriture assez semblabl à celle de Fr. Rabelais. Mais cet exemplaire est incomplet du dernier feuillet, qui a été ici très-habilement refait.

Il provient de la vente Rénouard, dans le catalogue duquel les notes sont indiquées comme étant aussi de la main de Rabelais. On trouve au commencement de ce volume une lettre de Renouard qui est relative à cette particularité. Il a été adjugé 550 fr. à la vente dont il s'agit (n° 284, vente de 1854).

Il est très-grand de marges.

40. Omnia divini Platonis opera tralatione Marsilii Ficini, emendatione et ad græcum codicem collatione Simonis Grynæi.... *Lugduni, apud Ant. Vincentium,* 1548 (et in fine :) *Lugduni, excudebant Godefridus et Marcellus Beringi....* in-fol. à 2 col. réglé, v. br. riches compart. à mosaïque et au pointillé, tr. ciselée et dor.

Belle reliure du seizième siècle, très-bien conservée, aux armes d'un cardinal.

Les quatre coins sont ornés d'un aigle tenant les foudres, surmonté d'un soleil entouré des trois lettres V. V. E.

41. Aristotelis opera (græce), Theophrasti de historia plantarum lib. X, et de causis plantarum lib. VI. *Venetiis, impressum dexteritate Aldi Manutii,* 1495-1498, 6 tom. en 5 vol. in-fol. v. f. dent.

Première édition, rare. Bel exemplaire, aux armes des Foscari, provenant des ventes Costabili et Solar.

42. L. Annæi Senecæ philosophi opera omnia, ex ult. J. Lipsii et J.-F. Gronovii emendat. et M. Annæi Senecæ quæ exstant, ex And. Schotti recens. *Lugd. Batav., apud Elzevirios,* 1649, 4 vol. petit in-12, titre gr. mar. r. fil. dos orné, tr. dor.

Exemplaire grand de marges. Hauteur : 136 millim.

43. L. Annei Senecæ naturalium quæstionum libri VII, Matthæi Fortunati in eosdem libros annotationes. (In fine :) *Venetiis, in ædibus Aldi et Andreæ Asulani soceri...* 1522, pet. in-4, mar. br. riches compart. à la Grolier, dos orné, tr. dor. (*Thompson.*)

Volume rare. Très-bel exemplaire, provenant de la biblioth. de M. Solar.

44. Francisci Baconi de Verulamio scripta in naturali et universali philosophia. *Amsterodami, apud Ludovicum Elzevirium,* 1653, pet. in-12, frontisp. gr. mar. r. jans. dent. intér. non rog. (*Duru et Chambolle.*)

Bel exemplaire, non rogné.

45. LES ESSAIS DE MICHEL SEIGNEUR DE MONTAIGNE, édition nouvelle .....augmentée. *Paris, Mich. Sonnius,* 1595, in-fol. mar. cit. fil. orn. au milieu des plats, tr. dor. (*Rel. du temps.*)

Première édition complète, publiée par Mlle de Gournay. Elle est augmentée des nombreuses additions laissées par Montaigne sur un exemplaire de l'édition de 1588 trouvé après sa mort.
La reliure de l'exemplaire est bien conservée.

46. LES ESSAIS DE MICHEL SEIGNEUR DE MONTAIGNE, nouvelle édition... enrichie et augmentée aux marges du nom des autheurs qui y sont cités.... ensemble la vie de l'autheur. *Amsterdam, Ant. Michiels (Bruxelles, Foppens)* 1659, 3 vol. in-12, frontisp. gr. et portr. vél.

Jolie édition. Exemplaire très-grand de marges. Hauteur : 154 millim.

47. DE LA SAGESSE, trois livres, par Pierre Charron. *Leide, chez les Elseviers,* 1646, pet. in-12, frontisp. gr. mar. bl. fil. dos orné, tr. dor. (*Niedrée.*)

Bel exemplaire, grand de marges et très-pur de texte. Hauteur : 131 mill. Aux armes de sir R. T. sur le dos de la reliure.

48. RÉFLEXIONS, OU SENTENCES et maximes morales (par le duc de la Rochefoucauld). *Paris, Claude Barbin,* 1665, in-12, frontisp. gr. mar. viol. fil. doublé de mar. r. compart. tr. dor. (*Bauzonnet.*)

Édition originale. Bel exemplaire de CHARLES NODIER.

49. Maximes et réflexions morales du duc de la Rochefoucauld (avec la notice de M. Suard). *Paris, impr. de Monsieur,* 1779, in-18, gr. pap. fort, mar. r. fil. dos orné, tr. dor. (*Derome.*)

BEL EXEMPLAIRE EN PAPIER DE HOLLANDE, avec une charmante reliure de DEROME.

50. COLLECTION DES MORALISTES anciens, dédiée au roi. *Paris, Didot l'aîné,* 1782, 16 vol. in-18, demi-rel. dos et coins de v. f. fil. dos orné. (*Petit.*)

Bel exemplaire, NON ROGNÉ.

51. MANUEL D'ÉPICTÈTE, traduit par M. Dacier. *Paris, impr. de Didot,* 1775, pet. in-18, mar. v. dent. doublé de tabis, dos orné, tr. dor. (*Derome.*)

Exemplaire imprimé sur VÉLIN, provenant de la vente Renouard. On lit dans le *Catalogue de la bibliothèque d'un amateur* (Renouard), à

propos de ce volume : « Acheté en mai 1783. C'est le premier livre imprimé
sur vélin qui soit entré dans ma bibliothèque. C'était bien un peu de luxe
pour un jeune homme de dix-sept ans, etc. » (Tome I^r, page 210.)

Charmante reliure de DEROME.

52. Elementa philosophica de cive, auctore Thom.
Hobbes. *Amsterodami, apud Danielem Elzevirium,* 1669, pet. in-12, frontisp. gr. mar. r. jans.
dent. intér. (*Duru et Chambolle.*)

Bel exemplaire, NON ROGNÉ, de cette jolie édition.

53. Science des princes, ou Considérations politi-
ques sur les coups d'Etat, par Gabriel Naudé,
Parisien, avec les réflexions... de L. D. M. C. S.
D. S. E. D. M. (Louis du May). *S. l.,* imprimées
l'an 1673, in-8, v. f. dos orné.

Exemplaire aux armes du COMTE D'HOYM.

54. Le Courtisan de messire Baltazar de Castillon,
nouvellement reveu et corrigé (trad. de Jacques
Colin d'Auxerre, revue par Mellin de Saint-Gelais).
S. l. (Lyon), François Juste, 1538, in-8, 4 part. en
1 vol. encadr. du texte grav. sur bois, mar. bl.
foncé, compart. dos à petits fers, doublé de tabis,
dent. intér. tr. dor. (*Courteval.*)

Édition rare et curieuse pour les bordures sur bois qui encadrent le texte.

55. ARISTOTELIS de historia animalium libri IX, de
partibus animalium... lib. III; de generatione animalium lib. V, Theod. Gaza interprete. De communi animalium gressu lib. I, de communi animalium motu lib. I. Petro Alcyonio interprete.
Parisiis, ex officina Simonis Colinæi, 1524, in-fol.
réglé, v. f. riches compart. à mosaïque noir et
or, genre Grolier, dos orné, tr. dor.

BELLE RELIURE DU XVIe SIÈCLE, très-bien conservée.

56. Caii Plinii Secundi naturalis historiæ lib. XXXVII,
interpretatione et notis illustr. Joannes Harduinus.

Parisiis, apud Franc. Muguet, 1685, 5 vol. in-4, mar. r. fil. compart. à la du Seuil, dos orné, tr. dor. (*Rel. anc.*)

Bel exemplaire aux armes du chancelier LE TELLIER.

57. LIBRI DE RE RUSTICA. M. Catonis lib. I. M. Terentii Varronis lib. III. L. Junii Moderati Columellæ lib. XII... Palladii lib. XIIII de duobus dierum generibus... Georgii Alexandrini enarrationes priscarum dictionum. (*In fine:*) *Venetiis, in ædibus Aldi et Andreæ soceri...* 1514, gr. in-8, mar. v. dent. dos orné à petits fers, tr. dor. (*Bozérian*).

Édition rare. Bel exemplaire de RENOUARD.

58. GLANVILLA anglicus (*Fra Bartholomæus de*). Incipit prohemiū de proprietatibus rerū fratris Bartholomei anglici de ordine fratrū minorum. (A la fin, après la table:) *Expliciunt tituli librorum et capitulorum...* in-fol. goth. à 2 col. rel. en bois recouv. de v. br. orn. à fr.

Édition rare, imprimée probablement par Ulric Zell, avant 1480, et contenant 244 feuillets à 2 colonnes de 55 lignes, sans chiffres, ni réclames ni signatures. M. Brunet indique cette édition comme composée de 247 feuillets; mais on la trouve aussi décrite dans la biblioth. Spencer. avec 238 feuillets seulement.

Bel exemplaire, très-grand de marges, avec plusieurs témoins. Il est dans sa première reliure, dont les plats sont couverts de fleurs de lis alternant avec les doubles aigles de l'empire d'Allemagne.

Le dos de la reliure a été refait.

59. GALENI extra ordinem classium libri,... *Venetiis, apud hæredes Lucæ Antonii Juntæ,* 1541, in-fol. encadr. historiés et gravés sur bois autour du titre, mar. br. à compart. tr. dor.

BEL EXEMPLAIRE, très-bien conservé, de CANEVARIUS, médecin du pape Urbain VIII, avec sa devise, et le médaillon qu'il avait adopté pour ses livres, représentant le char d'Apollon.

Il a figuré à la vente Libri, où il a été payé 42 liv. sterling, en 1859, ensuite dans la bibliothèque de M. L. DOUBLE, à la vente duquel il a été adjugé pour 1600 fr. (n° 355), et en dernier lieu à celle de M. Techener (avril 1865), où il n'a plus été payé que 1100 fr.

60. Petri Andreæ Matthioli medici Senensis commentarii in libros sex Pedacii Dioscoridis Anazarbei, de medica materia; adjectis quam plurimis plantarum et animalium imaginibus, eodem authore. *Venetiis, in offic. Erasmiana, apud Vincentium Valgrisium,* 1554, in-fol. nomb. fig. sur bois, v. f. riches compart. à mosaïque, tr. dor.

TRÈS-RICHE RELIURE italienne du XVIᵉ siècle, parfaitement conservée. La mosaïque, qui est répétée deux fois sur chacun des plats, est composée d'ornements en relief de diverses couleurs, parmi lesquels se trouvent entrelacés des feuillages, des plantes, des fruits, des racines, etc..., formant un ensemble original et bien approprié à l'ouvrage lui-même.

Les couleurs sont restées d'une grande fraîcheur et d'une remarquable conservation.

Acheté à la vente de M. E. P*** (avril 1862).

61. Valerii Cordi Simesusii annotationes in Pedacii Dioscoridis Anazarbei de medica libros V.... ejusdem historiæ stirpium lib. IIII.... his accedunt Stocchorni et Nessi in Bernatium Helvetiorum ditione montium.... item Conradi Gesneri de hortis Germaniæ liber recens.... omnia summo studio.... Conr. Gesneri.... collecta. (*Tiguri*), 1561, in-fol. nombr. fig. v. f. riches compart. à mosaïque, dos orné de même, tr. ciselée et dor.

TRÈS-BELLE RELIURE du seizième siècle, d'une remarquable conservation.

Les compartiments à mosaïque, en relief, d'un style très-élégant et très-riche, sont composés du même dessin, reproduit quatre fois sur chacun des plats, divisé en quatre parties. Seulement les couleurs, qui sont restées fraîches et brillantes, sont tout à fait différentes, et même opposées, dans chaque partie.

Au milieu de chacune de ces parties, dans un médaillon, se trouvent les armes de l'empire d'Allemagne.

62. ORTUS SANITATIS (le Jardin de Santé) translate de latin en francois. (*Paris, Anthoine Verard,* vers 1501), in-fol. goth. à 2 col., nombr. fig. sur bois, mar. v. fil. compart. à la du Seuil, dos orné, tr. dor. (*Hardy*).

ÉDITION RARE ET RECHERCHÉE. C'est la plus ancienne de cette traduc-

tion ; elle est ornée d'un grand nombre de figures sur bois d'une grande
naïveté d'exécution.

Bel exemplaire, grand de marges et bien conservé, de la première partie,
contenant le *Traité des herbes*. (*Il sera vendu avec le n° 63.*)

63. LE TRAICTIÉ DES BESTES, oyseaux, poissons,
pierres précieuses et orines, du Jardin de santé.
(A la fin :) *Cestuy present œuvre très licitement
appellé le jardin de santé translate de latin en
françois... a esté nouvellement imprimé à Paris
pour Anthoine Verard... s. d.*, in-fol. goth. à 2 col.
mar. v. fil. compart. à la du Seuil, dos orné, tr.
dor. (*Duru et Chambolle.*)

C'est la seconde partie de l'ouvrage précédent, orné d'un grand nombre
de belles figures sur bois, très-curieuses et d'une grande naïveté d'exécution.

Bel exemplaire très-grand de marges et bien conservé.

Les deux numéros (62 et 63) seront réunis.

Les deux volumes ont été achetés à la vente de M. Techener (avril 1865).

64. Sibylla Trig-Andriana, seu de Virginitate, virgi-
num statu et jure tractatus jucundus... per Henricum Kornmannum. *Coloniæ, Petr. Marteau,*
in-8, mar. r. fil. dos orné, tr. dor.

Charmante reliure de DEROME.

65. Chartiludium logicæ, seu logica poëtica, vel
memorativa R. P. Th. Murner... opus quod cen-
tum ampliùs annos in tenebris latuit, erutum et
in apertam sæculi hujusce curiosi lucem pró-
ductum, opera, notis et conjecturis Joan. Bales-
dens. *Parisiis, apud Tussantum Du Bray,* 1629,
in-8, nombr. fig., parch.

Livre singulier, qui est le plus ancien traité où l'on ait cherché à ensei-
gner une science au moyen d'un jeu de cartes.

Cette édition est ornée de nombreuses et curieuses figures sur bois. Exemplaire grand de marges.

66. Jani Vlitii Venatio novantiqua. (*Lugduni Batavorum*) *Ex officina Elzeviriana,* 1645, pet. in-12,
frontisp. gr. mar. r. fil. à fr. tr. dor. (*Niedrée.*)

Jolie édition, rare et recherchée. Hauteur de cet exemplaire : 130 millim.
Les armes de sir R. T. se trouvent sur les coins et sur le dos de la reliure.

67. La Fauconnerie de Charles d'Arcussia, seigneur d'Esparron... divisée en cinq parties.... avec l'Autourserie.... (du sieur de Gomer). *Paris, Jean Houzé,* 1605, in-4, figures sur bois, vél.

Édition rare et recherchée.

68. La Venerie de Jaques du Fouilloux... *Paris, Abel l'Angelier,* 1606. — La Fauconnerie de Jean de Franchières.... avec tous les autres autheurs qui se sont pu trouver traictans de ce subject. *Paris, Abel l'Angelier,* 1607; en 1 vol. in-4, nombr. fig. sur bois, vél.

Édition recherchée et assez rare.

BEAUX-ARTS.

---

69. Le Vite de' piu eccellenti pittori, scultori, e architettori, scritte da M. Giorgio Vasari... con i ritratti loro et con l'aggiunta delle vite de' vivi et de' morti dall' anno 1550, infino al 1567. *In Fiorenza, appresso i Giunti,* 1568, 3 vol. in-4, nombr. portr. gr. sur bois, mar. r. fil. dos orné, tr. dor. (*Rel. anc.*)

Bel exemplaire aux armes de Colbert. Édition rare et recherchée.

70. La Morosophie de Guillaume de la Perrière, Tolosain, contenant cent emblemes moraux, illustrez de cent tetrastiques latins reduitz en autant de quatrains françoys. *Lyon, par Macé Bonhomme,*

1553, in-8, avec 100 figures et encadrements grav. sur bois, v. f. fil. compart. dos orné, tr. dor. (*Rel. du temps.*)

Bel exemplaire, grand de marges et réglé. Livre rare en aussi belle condition.

Les encadrements gravés sur bois sont de Jean Moni et Jacques Peresin, et les figures sur bois sont remarquables et curieuses.

Sur les plats de la reliure, dans un fleuron, se trouve une grande fleur de lis.

La reliure, qui est de l'époque, est, comme l'exemplaire, très-bien conservée.

71. DEVISES HEROÏQUES, par M. Claude Paradin, chanoine de Beaujeu. *A Lion, par Jean de Tournes et Guil. Gazeau,* 1557, in-8, nombr. fig. sur bois, mar. br. milieu, coins et dos ornés, tr. dor. (*Hardy-Mennil.*)

Première édition, belle et recherchée. Exemplaire grand de marges.

BELLES-LETTRES.

I. LINGUISTIQUE.

72. THEODORI (Gazæ) introductivæ grammatices libri quatuor. Ejusdem de mensibus opusculum sane quam pulchrum. Apollonii grammatici de constructione libri quatuor. Herodianus de numeris (græce). (In fine :) *Impressum Venetiis in ædibus Aldi Romani...* 1495, in-fol. v. br. compart. à fr. (*Rel. du* XVI° *siècle*).

Première édition, fort rare. Le titre de cet exemplaire est remmargé.

73. THEODORI (GAZÆ) grammatices libri III. De mensibus liber ejusdem. Georgii Lecapeni de constructione verborum. Emmanuelis Moschopuli de constructione nominum et verborum, ejusdem de accentibus (græce). *Venetiis, in ædibus Aldi et Andr. Asulani soceri,* 1525, in-8, marque d'Alde sur le titre et au verso du dernier feuillet blanc, mar. r. fil dent. à fr. tr. dor. (*Vogel.*)

Édition rare et recherchée, revue par Franç. d'Asola. Exemplaire bien conservé.

74. PROSE DI M. PIETRO BEMBO, nelle quali si ragiona della volgar lingua, scritte al cardinale de' Medici che poi è stato a sommo pontefice et detto papa Clemente settimo, divise in tre libri. (A la fin :) *Impresse in Vinegia per Giovan Tacuino...* 1525, pet. in-fol. lettres rondes, mar. r. compart. tr. dor.

BEL EXEMPLAIRE de DEMETRIUS CANEVARIUS, médecin du pape Urbain VIII, avec sa marque ordinaire (le char d'Apollon), peinte et en relief Jolie reliure, parfaitement conservée.

75. Project du livre intitulé de la Precellence du langage françois, par Henri Estienne. *Paris, Mamert Patisson,* 1579, in-8, v. f. dos orné.

Exemplaire aux armes du comte d'HOYM.
Il provient de la vente DE BURE.

2. POÉSIE.

76. PINDARI OPERA OMNIA, videlicet Olympia, Pythia, Nemea et Isthmia, latino carmine reddita per Nicolaum Sudorium. *Lutetiæ, ex officina Federici Morelli,* 1582, 3 part. en 1 vol. in-8, mar. v. dent. dos orné, tr. dor. (*Bozérian aîné.*)

Bel exemplaire en grand papier. Très-rare en cette condition.
Sur la garde se trouvent deux notes manuscrites, l'une du conventionnel

Courtois, l'autre de Charles Nodier... « Le Pindare de Sudorius (le Sueur),
que Bauer appelle *liber elegantissimus et rarissimus,* est un livre considéré.
La reliure de Bozérian et la note insignifiante de Courtois ajoutent beaucoup
moins à sa valeur, que sa belle condition en grand pap.er et la parfaite conservation de ses marges. CHARLES NODIER. »

77. VIRGILIUS. *Venetiis, in ædibus Aldi et Andreæ
soceri,* anno M. D. XXVII, in-8, mar. fauve anti-
qué, riches compart. dos orné, tr. dor.

SUPERBE EXEMPLAIRE DE GROLIER, avec son nom et sa devise. Les
initiales ainsi que les deux ancres aldines du titre et de la fin sont peintes en
or. La reliure est parfaitement conservée. Cet exemplaire provient de la vente
RENOUARD, ensuite de la vente Solar, et en dernier lieu de celle de M. DOU-
BLE, où il a été vendu 2850 fr. non compris les frais (n° 345).

78. VIRGILIUS. *Venetiis, in ædibus Aldi et Andreæ
soceri,* 1527, pet. in-8, mar. la Vall., riches
compart. à mosaïque, genre Grolier, avec incrustations de mar. grenat vert et l'ancre Aldine, dos
orné de même, tr. dor.

Bel exemplaire dans une jolie reliure anglaise moderne qui paraît avoir
été copiée sur une de celles de Grolier.

79. P. VIRG. MARONIS BUCOLICA (Georgica et Æneis).
Parisiis, apud Mich. Fezandat, 1541, 3 part.
de 16, 40 et 176 feuillets, mar. r. fil. compart.
dos orné, tr. dor. (*Rel. anc.*)

Jolie édition, bien imprimée.
Bel exemplaire renfermant, sur les marges des Bucoliques et d'une partie
des Géorgiques, de nombreuses notes manuscrites de FR. GUYET. Il provient
de la bibliothèque de M. PARISON, dont on trouve aussi, au commencement
du volume, une note relative à l'authenticité de celles de Guyet.
Jolie reliure ancienne.

80. P. Virgilii Maronis opera nunc emendatiora.
Lugduni Batavorum, ex officina Elzeviriana, 1636,
pet. in-12, frontisp. gr. mar. r. fil. dos orné, tr.
dor. (*Rel. anc.*)

Jolie et rare édition, la meilleure sous cette date. Hauteur de cet exemplaire : 126 millim.

81. P. Virgilii Maronis opera... *Lugd. Batavorum, ex
offic. Elzeviriana,* 1636, pet. in-12, frontisp. gr.

mar. r. dent. et dos orné à fr. dent. intér. gardes
de papier doré, tr. dor.

Autre exemplaire de la bonne édition. Hauteur: 127 millim.

Sur le titre se trouve la signature : *S. Bernard* (peut-être de SAMUEL
BERNARD).

32. P. Virgilii Maronis opera… *Lugd. Batavor., ex
offic. Elzeviriana*, 1636, pet. in-12, frontisp. gr.
mar. v. compart. à fil. dos et coins ornés, tr. dor.
(*Niedrée.*)

Bel exemplaire de la seconde édition. Hauteur : 133 millim. Cette édition
contient l'*errata* de la dernière page.

**83. Q. HORATII FLACCI poemata, in quibus multa
correcta sunt, et institutiones suis locis positæ
commentariorum quodam modo vice funguntur…**
Venetiis, apud Aldum Romanum… M.D.IX, in-8,
mar. bl. compart. dos orné. (*David*).

Édition rare et recherchée, contenant, de plus que la première édition
aldine de 1501, un traité *de metrorum generibus,* et des notes. Bel exemplaire.

**84. Q. HORATII FLACCI poemata omnia, centimetrum
Marii Servii, annotationes Aldi Manutii Romani…**
Venetiis, in ædibus Aldi et Andreæ soceri, 1519,
pet. in-8, mar. r. compart. dos orné, tr. dor.
(*Anc. rel. angl.*)

Édition estimée. Exemplaire bien conservé, mais dont le titre est doublé.

**85. QUINTI HORATII Flacci poemata, scholiis sive
annotat. instar commentarii illustrata à Joanne
Bond.** *Amstelodami, apud Daniel Elzevirium,* 1676,
pet. in-12, frontisp. gr. mar. r. fil tr. dor.
(*Thompson*).

Jolie édition, très-recherchée. Hauteur de cet exemplaire: 130 millim.

86. QUINTI HORATII FLACCI opera. *Londini, æneis
tabulis incidit Johannes Pine,* 1733-1737. 2 vol.

in-8, figures, vignettes et fleurons, mar. r. large
dent. tr. dor. (*Rel. anc.*)

EXEMPLAIRE DE PREMIER TIRAGE, de cette belle édition, entièrement
gravée. La reliure des deux volumes est un peu différente.

87. Quintus Horatius Flaccus. *Birminghamiæ, typis
Joan. Baskerville,* 1770, in-4, 2 frontisp. de Gravelot, mar r. fil. dos et coins ornés, tr. dor. (*Rel.
anc.*)

Bel exemplaire,

88. Quintus Horatius Flaccus. *Birminghamiæ, typis
S. Baskerville,* 1777, pet. in-8, mar. v. fil. dos
orné, tr. dor.

Jolie reliure de DEROME.

89. CATULLUS, TIBULLUS, PROPETIUS (sic). *Venetiis, in
ædibus Aldi, mense Januario,* M.DII, in-8, mar.
bl. compart. dos orné, tr. dor. (*Thompson*).

Première édition aldine. Bel exemplaire, très-grand de marges. Le titre
se trouve répété à la fin, au verso du dernier feuillet dont le reste est en
blanc.

90. CATULLUS, TIBULLUS, PROPERTIUS. *Antuerpiæ, ex
offic. Christoph. Plantini,* 1560, in-16, réglé, mar.
bl. fil. à fr. doublé de mar. citr. dent., gardes de
pap. doré, tr. dor. (*Rel. anc.*)

Exemplaire dont la reliure est très-jolie.

91. Pub. Ovidii Nasonis opera, Daniel Heinsius tex-
tum recensuit, accedunt breves notæ, ex collat.
codd. Scaligeri et Palatinis Jani Gruteri. *Lugd.
Batavorum, ex offic. Elzeviriana,* 1629, 3 vol.
pet. in-12, mar. v. fil. dos orné, tr. dor.

Hauteur de cet exemplaire : 124 millim.

92. LE TRASFORMATIONI (di Ovidio) di M. Lodovico
Dolce. *In Venetia, appresso Gabriel Giolito,* 1553,

in-4, nombr. fig. sur bois, mar. bl. fil. à fr. tr.
dor.

Édition recherchée.

Exemplaire imprimé sur **PAPIER BLEU**, provenant de la bibliothèque du
duc de **LA VALLIÈRE**.

93. LUCANUS. M. Annei Lucani civilis belli libr. X.
Venetiis, apud Aldum, mense aprili M.DII, in-8,
mar. v. compart. dos orné. (*David.*)

Première édition aldine. Bel exemplaire grand de marges.

94. LUCANUS. *Venetiis, in ædibus Aldi et Andreæ
soceri...* 1515, in-8, mar. v. fil. à fr. dos et coins
ornés, tr. dor. (*Duru*).

Bel exemplaire, grand de marges, de cette jolie édition.

95. La Pharsale de Lucain, ou les Guerres civiles de
César et de Pompée, en vers françois, par M. de
Brébeuf. *La Haye, Arnout Leers (à la Sphère),*
1683, pet. in-12, demi-rel. mar. r.

Exemplaire NON ROGNÉ. Jolie édition dans le genre des Elsevier.

96. JUVENALIS. PERSIUS. (*Lugduni, absque anno*), pet.
in-8, de 78 ff. non chiffrés, mar. v. fil. à froid
compart. dos orné, tr. dor. (*Thompson*).

Édition rare.

Troisième contrefaçon, faite à Lyon vers 1502, de l'édition des Alde de
1501. Bel exemplaire. Les passages laissés en blanc dans les premières éditions sont ici remplis en grec.

97. D. Jun. Juvenalis et Auli Persii Flacci satyræ,
ex doct. virorum emendatione. *Amsterodami, typis
Dan. Elzevirii,* 1671, in-24, mar. br. jans. dent.
int. (*David*).

Exemplaire NON ROGNÉ.

98. MARTIALIS. *Venetiis, in ædibus Aldi...* M.DI,
in-8, mar. br. fil. à fr. dos et coins ornés, tr. dor.
(*Thompson*).

Première édition aldine. Bel exemplaire, bien conservé et grand de marges.

99. STULTIFERA NAVIS, qua omnium mortalium narratur stultitia... The Ship of Fooles... translated out of latin into english by Alexander Barclay Priest. (*London, John Cawood*), 1570, pet. in-fol. goth. nombr. fig. sur bois, mar. br. compart. tr. dor. (*Thompson.*)

Belle édition de la traduction anglaise, ornée de curieuses figures sur bois copiées sur les éditions latines de la fin du quinzième siècle.

---

100. LE ROMMANT DE LA ROSE (par Guillaume de Lorris et Jean de Meung).

> *Cest la fin du rōmant de la rose,*
> *Ou tout lart damours est enclose.*

In-fol. goth. à 2 col., nombr. fig. sur bois, mar. or. fil. dos orné, doublé de mar. bl. dent. formée de roses et de feuillages, tr. dor. (*Trautz--Bauzonnet*).

ÉDITION TRÈS-RARE ET TRÈS-PRÉCIEUSE, la plus ancienne du Roman de la Rose. Elle ne porte aucune indication de lieu ni de date, mais elle a été imprimée avec les caractères dont s'est servi Guillaume Leroy à Lyon, en 1485, dans le *Doctrinal de Sapience*. (Voy. BRUNET, tome III, col. 1170.) Superbe exemplaire, grand de marges et bien conservé, provenant de la bibliothèque de M. L. DOUBLE, où il a été payé 2,950 fr. (n° 72).

101.   CY EST LE ROMMANT DE LA ROZE
Ou tout lart damour est enclose
Histoires et auctoritez
Et maintz beaulx propos usitez

. . . .

On les vend à Paris... en la boutique de Galliot du Pré, mil VC. xxxi (1531), petit in-fol. goth. à 2 col. fig. sur bois, marque de Galliot du Pré sur le dernier feuillet blanc, v. f. fil. dos orné, tr. dor.

Exemplaire de J.-J. DE BURE. Légère déchirure au coin du titre.

102. LES OEUVRES DE FEU MAISTRE ALAIN CHARTIER... nouvellement imprimees, reveues et corrigees oultre les precedentes impressions. *On les vend a Paris... en la boutique de Galliot du Pre,* 1529. (Et à la fin :) *Imprimees à Paris p. maistre Pierre Vidoue, lan cccc. xxix, pour Galliot du Pre,* pet. in-8, lettres rondes, vignettes sur bois, mar. bl. compart. dos orné, tr. dor. (*Rel. angl. moderne.*)

Édition rare et recherchée. Joli exemplaire. 135 millim.

103. OEuvres de François Villon, avec les remarques de diverses personnes (le Duchat, Formey et Eus. de Laurière). *La Haye, Adr. Moetjens,* 1742, in-12. 3 part. de 228, 70 et 90 pp. mar. v. fil. tr. dor.

Bonne édition, contenant, de plus que les précédentes, des fragments inédits, des mémoires touchant Villon et deux lettres critiques par Prosper Marchand et le P. Ducerceau.
Bel exemplaire, très-grand de marges.

104. HEURES DE NOSTRE DAME, translatees de latin en françoys et mises en ryme, additionnees de plusieurs chantz royaulx figurez et moralisez sur les misteres miraculeux de la passion de nostre redempteur Jesu Christ ; avec plusieurs belles oraisons et rondeaux contemplatifz composez par Pierre Gringoire dit Vaudemont... *On les vend a Paris... en la maison de Jehan Petit... s. d.* (privilége daté de 1527, et calendrier de 1534 à 1549), pet. in-4, 2 part. en 1 vol. goth. figures sur bois, mar. br. riches compart. dos orné, tr. dor. (*Duru et Chambolle.*)

Bel exemplaire, grand de marges et réglé, de cette jolie édition, rare et recherchée.

105. EPISTRES FAMILIÈRES du Traverseur (Jean Bouchet). *S. l. n. d.* (*Poitiers, Guill. et Jacques Bouchet et de Marnef*), 1545, pet. in-fol. mar. n.

riches compart. dorés, dent. à fr. tr. dor. (*Lor-tic.*)

Livre rare. Bel exemplaire dont le titre est en or ; la marque des imprimeurs, qui se trouve sur le titre et au recto du dernier feuillet dont le reste est blanc, est aussi peinte en or et en couleurs.

Exemplaire de M. Giraud, et ensuite de M. Solar.

106. OEuvres poétiques de Mellin de S. Gelais ; nouvelle édition, augmentée d'un très-grand nombre de pièces latines et françaises. *Paris,* 1719, in-12, mar. r. fil. tr. dor. (*Derome.*)

Charmant exemplaire de Charles Nodier, dont la reliure est très-fraiche.

107. Marcueries de la Marguerite des princesses, tres illustre royne de Navarre (publiées par Symon Silvius, dit la Haye). *Paris, Arnoul l'Angelier,* 1552, 2 tom. en 1 vol. in-16, v. f. riches compart. à mosaïque, dos orné, tr. dor. (*Rel. du temps.*)

Jolie édition en lettres italiques. Exemplaire réglé, avec une belle reliure du seizième siècle, très-bien conservée. Il provient de la vente Solar.

108. Les Vrayes Centuries et Prophéties de maistre Michel Nostradamus... reveues et corrigées... avec la vie de l'autheur. *Amsterdam, Jean Jansson à Waesberge,* 1668, pet. in-12, frontisp. gravé et portr. mar. r. fil. à fr. dent. intér. tr. dor. (*Nie-drée.*)

Édition qui se joint à la collection des Elsevier. Joli exemplaire. Hauteur : 128 millim.

109. Les OEuvres de Pierre de Ronsard... reveues et augmentées (avec les commentaires de Nic. Richelet sur les Sonnets et les Odes). *Paris, Nicolas Buon,* 1610, 10 tom. en 5 vol. in-12, titre gr. et portr. mar. r. fil. tr. dor. (*Jolie reliure du temps.*)

Bel exemplaire, très-grand de marges. La reliure est très-bien conservée.

110. Les OEuvres françoises de Joachim du Bellay... reveuës et de nouveau augmentées de plusieurs

poésies non encore auparavant imprimées (par les soins de Guill. Aubert). *Paris, Federic Morel,* 1574, in-8, v. ant. fil. à fr. tr. dor.

Édition rare. Exemplaire provenant de la bibliothèque de M. CIGONGNE.

111. LES QUATRAINS du seigneur de Pybrac... connant precyptes et enseignemens utiles pour la vie de l'homme, de nouveau mis en ordre et augmentez par ledit s. de Pybrac; avec les Plaisirs de la vie rustique... *Paris, veufve Lucas Breyer,* 1583, pet. in-12, 2 part. en 1 vol. mar. bl. fil. tr. dor. (*Bauzonnet-Trautz.*)

Édition rare. Joli exemplaire, grand de marges.

112. LES OEUVRES DU SIEUR THÉOPHILE, reveuës, corrigées et augmentées. *Paris, Pierre Billaine,* 1622, 2 part. in-8. — Recueil de toutes les pièces faites par Théophile, depuis sa prise jusques à sa mort. *Paris,* 1626, in-8. En 1 vol. in-8, réglé, mar. r. fil. compart. tr. dor. (*Belle rel. anc.*)

TRÈS-BEL EXEMPLAIRE, ayant appartenu à la reine ANNE D'AUTRICHE, dont le chiffre (deux A entrelacés) se trouve répété à l'infini sur les plats et sur le dos de la reliure.

Cet exemplaire provient de la vente GIRAUD.

113. LE PARNASSE SATYRIQUE du sieur Théophile. *S. l.* (*Hollande*), 1660, pet. in-12, mar. br. dent. à petits fers, dos orné, tr. dor. (*Bauzonnet-Trautz.*)

CHARMANT EXEMPLAIRE de cette jolie édition, rare et recherchée. La reliure, de BAUZONNET-TRAUTZ, est fort jolie. Grand de marges. Hauteur : 129 millim.

114. LE PARNASSE SATYRIQUE du sieur Théophile. *S. l.* (*Hollande*), 1660, pet. in-12, vél.

Très-bel exemplaire, grand de marges. Hauteur : 130 millim.

115. LE CABINET SATYRIQUE, ou Recueil parfait des vers piquans et gaillards de ce temps, tiré des secrets cabinets des sieurs de Sigognes, Regnier

Motin, Berthelot, Maynard et autres poëtes... *S. l.* (*Hollande*), 1666, 2 part. en 1 vol. pet. in-12, vél.

Édition rare et très-recherchée, que l'on joint à la collection des Elsevier. 125 millim.

116. L'Espadon satyrique, par le sieur d'Esternod, reveu et augmenté de nouveau. *Cologne, chez Jean d'Escrimerie* (*Hollande*), 1680, pet. in-12, front. gr. mar. r. fil. à fr. doublé de tabis, tr. dor. (*Bozérian.*)

Jolie édition, fort recherchée, que l'on joint à la collection des Elsevier.

117. L'Eschole de Salerne, en vers burlesques (par Martin). Duo Poemata macaronica, de bello huguenotico et de gestis magnanimi et prudentissimi Baldi (auctore Remigio Belleau). *Suivant la copie imprimée à Paris* (*Leyde, Elsevier*), 1651, pet. in-12, mar. bl. fil. dos orné, tr. dor.

Édition rare et fort recherchée. Joli exemplaire. Hauteur : 122 millim.

118. Contes et Nouvelles en vers, par M. de la Fontaine. *Amsterdam* (*Paris, Barbou*), 1762, 2 vol. in-8, figures d'Eisen, fleurons, vignettes et culs-de-lampe par Choffard, 2 beaux portraits gr. par Ficquet d'après H. Rigault, mar. r. fil. dos orné, tr. dor. (*Derome.*)

Édition dite des *Fermiers généraux*.
Superbe exemplaire, dont les épreuves sont de la plus grande beauté. La reliure, signée de Derome, est très-jolie et d'une grande fraicheur.

119. Madrigaux de monsieur de la Sablière. *Paris, Duchesne,* 1757, in-12 carré, texte encadré en rouge, v. m.

Exemplaire en papier fort. Rare en cette condition.

120. Description de la ville d'Amsterdam, en vers burlesques, selon la visite de six jours d'une semaine, par Pierre Le Jolle. *Amsterdam, chés Ja-*

ques le Curieux, 1666, pet. in-12, frontisp. gr.
mar. r. fil. à fr. (*Duru.*)

Exemplaire NON ROGNÉ, de cette jolie édition, qui se joint à la collection des Elsevier. Il provient de la vente de M. DE LA BÉDOYÈRE.

---

121. DANTE, col sito et forma dell'inferno tratta dalla istessa descrittione del poeta. Lo Inferno, il Purgatorio, il Paradiso, di Dante Alighieri. *Impresso in Vinegia, nelle case d'Aldo et d'Andrea di Asola...* 1515, in-8, fig. sur bois, mar. br. compart. tr. dor. (*Rel. du temps.*)

Édition aldine, rare, dédiée à *Vittoria Colonna, marchesana de Pescara.* Exemplaire dans sa première reliure, bien conservée.

122. IL PETRARCHA con spositione di M. Giovanni Gesvaldo. *In Venetia, per Domenico Giglio,* 1553, pet. in-4, caract. ital. titre gr. mar. v. riches compart. à mosaïque, dos orné, tr. ciselée et dor.

BELLE RELIURE DU SEIZIÈME SIÈCLE. dont les plats sont recouverts d'ornements en relief en maroquin rouge, noir, violet, bleu et vert, entrelacés avec beaucoup de goût et d'une grande fraîcheur de coloris.
Le dos a été un peu restauré.
Édition assez belle et recherchée. Cet exemplaire a quelques mouillures.

123. Sonetti, Canzoni e Triomphi di M. Francesco Petrarca, con la spositione di Bernardino Daniello da Luca. *In Vinegia,* 1549. (Et à la fin :) *In Vinegia, per Pietro et Gioan Maria, fratelli de Nicolini de Sabio...* pet. in-4, titre gravé, contenant les deux portr. de Pétrarque et de Laure, fig. s. bois et grandes lettres ornées, mar. br. comp. tr. dor.

Édition rare, ornée de curieuses gravures sur bois.
Belle reliure du seizième siècle, dont le dos a été un peu restauré.

124. STANZE DI MESSER ANGELO POLITIANO cominciate per la giostra del magnif. Giuliano di Piero de Medici. *In Vinegia, in casa de' figlivoli di Aldo.* 1541, pet. in-8 de 32 feuillets, y compris le titre

et 2 feuillets non chiffrés à la fin pour la souscrip-
tion et la marque des Alde, mar. bl. fil. à fr. dos
et coins ornés, fleurons au milieu des plats, tr. dor.
(*Duru.*)

Petit livre très-rare. Bel exemplaire.

125. Il Palmerino di M. Lodovico Dolce. *In Venetia, appresso Gio. Bast. Sessa,* 1561, in-4, encadr. du titre, fleurons et grandes lettres gravées
sur bois, vél. blanc. (*Raparlier.*)

Bel exemplaire.

126. ORLANDO INNAMORATO, composto già dal S. Mat-
teo Maria Boiardo, conte di Scandiano, et hora
rifatto tutto di nuovo da M. Francesco Berni...
*Stampati novamente in Venetia, per li heredi di
Luc Ant. Giunta...* 1545, pet. in-4 à 2 col. mar. v.
fil. tr. dor. (*Bozérian.*)

Édition rare et recherchée, préférable à la première, de 1541. Bel exemplaire de RENOUARD.

127. ORLANDO FURIOSO di Lodovico Ariosto. *Birmin-
gham, da' torchi di G. Baskerville, per P. Molini e G. Molini,* 1773, 3 vol. gr. in-8, 2 beaux
portr. dont l'un avant la lettre, fig. de Cipriani,
Moreau, Eisen... grav. par F. Bartolozzi, de Lau-
nay et autres, mar. r. dent. doublé de tabis, dos
orné, à petits fers, tr. dor. (*Bradel.*)

Bel exemplaire réglé, auquel on a joint les jolies figures de Cochin, gravées par N. Ponce et autres, du *Roland furieux,* traduit par d'Ussieux.
Belles épreuves de toutes les figures.

Cet exemplaire provient de la vente de J.-J. DE BURE.

128. Il Libro del Perchè, colla pastorella del cav.
Marino e la novella dell' Angelo Gabriello. *In Pe-
lusio, MMM. D. XIV (Paris, Grangé,* 1757), in-16
de 91 pages, mar. r. tr. dor. (*Rel. anc.*)

Première édition, assez rare, publiée par G. Conti et imprimée à Paris,
chez Grangé. Exemplaire portant l'*ex libris* de CHAMPCENETZ.

3. THÉATRE.

129. SOPHOCLIS TRAGOEDIÆ SEPTEM, cum commentariis (græce). *Venetiis, in Aldi Romani Academia, mense Augusto, M.DII,* in-8, mar. r. riches compart. dos orné. (*David.*)

PREMIÈRE ÉDITION, rare et recherchée. La marque des Alde se trouve au verso du dernier feuillet.

Bel exemplaire, grand de marges.

130. EURIPIDIS tragœdiæ septemdecim, ex quib. quædam habent commentaria... (græce). *Venetiis, apud Aldum... M. D. III,* 2 vol. in-8, vél. blanc.

Édition rare, la première imprimée par les Alde. C'est aussi l'édition originale de la plupart des pièces qu'elle renferme. On y trouve, de plus que les 17 pièces annoncées sur le titre, la tragédie d'*Hercules furens*. En outre, on a joint à cet exemplaire l'*Electra*, de 1545, qui ne parut pour la première fois qu'à cette date; de sorte que cet Euripide est complet.

Exemplaire grand de marges et bien conservé.

131. ARISTOPHANIS comœdiæ undecim, græce et latine... cum emendationibus Josephi Scaligeri... *Amstelædami, apud Joan. Ravesteinium,* 1670, 2 vol. petit in-12, réglés, mar. ol. fil. dos orné, tr. dor. (*Padeloup.*)

Jolie édition, que l'on peut joindre à la collection des Elsevier. Bel exemplaire, relié par PADELOUP. Hauteur : 133 millim.

132. TERENTIUS (ex recognit. Franc. Asulani). *Venetiis, in ædibus Aldi et Andreæ soceri... M.D.XVII,* in-8, mar. br. riches compart. à petits fers, entourés de fleurs de lis, doublé de mar. v., mêmes compart. tr. ciselée et dorée. (*Riche reliure du commencement du dix-septième siècle.*)

Première édition, donnée par les Aldes et dédiée à J. Grolier. Elle est rare et recherchée.

La reliure, qui n'a pas été faite pour ce volume et qui y a été seulement adaptée, est très-jolie et porte des armoiries sur les plats, à l'extérieur et à l'intérieur.

133. L. et M. Annæi Senecæ Tragœdiæ, cum notis
Th. Farnabii. *Amstelodami, apud Danielem Else-*
virium, 1678, pet. in-12, frontisp. gr. mar. v. fil.
dos orné. (*Hardy.*)

Exemplaire NON ROGNÉ.

134. DRAMATA SACRA, comœdiæ atque tragœdiæ ali-
quot è Veteri Testamento desumptæ... *Basileæ...*
(In fine :) *ex officina Joannis Oporini,* 1547,
2 tom. en 1 vol. in-8, vél.

Livre rare. SUPERBE EXEMPLAIRE, admirablement conservé, aux premières armes de JACQ.-AUG. DE THOU.
De la bibliothèque de RENOUARD.

135. LE PREMIER VOLUME (ET LE SECOND) du trium-
phant MYSTERE DES ACTES DES APOSTRES, translate
fidelement a la verite historiale, escripte par sainct
Luc a Theophile et illustre des legendes autenti-
ques et vies de saincts... ordonne par personnages (le tout en vers)... (par Arnoul et Symon de
Greban). *Cy fine le neufviesme et dernier livre des*
Actes des Apostres, imprimez a Paris pour Guil-
laume Alabat... de Bourges, par Nicolas Couteau,
imprimeur demourant a Paris, l'an de grace mil
cinq cens xxxvii... 2 tomes en 1 vol. pet. in-fol.
goth. à 2 col. réglé, mar. r. fil. tr. dor. (*Rel. anc.*)

Édition rare. On a ajouté à cet exemplaire l'APOCALYPSE SAINCT JEHAN
ZEBEDEE (par Louis Choquet). (A la fin :) ..... *Achevé d'imprim...... lan* 1541.
pour Arnoul et Charles les Angeliers... pet. in-fol., qui ne se trouve ordi-
nairement que dans l'édition de 1541.
Exemplaire de GIRARDOT DE PRÉFOND et du baron D'HEISS, avec une note
de sa main. Acheté à la vente de J.-J. DE BURE.

136. MAISTRE PIERRE PATHELIN. *S. l. n. d.,* pet.
in-8, goth. de 36 feuillets, fig. en bois sur le titre. —
Le Testamēt Pathelin, a quatre personnaiges. *S. l.*
n. d., pet. in-8, goth. de 16 ff. fig. en bois sur le
titre et au verso du 13ᵉ feuillet, 2 part. en 1 vol.

pet. in-8, mar. r. fil. dos orné, tr. dor. (*Trautz-Bauzonnet.*)

Exemplaire très-précieux, le seul connu jusqu'ici de cette édition. Il provient des bibliothèques de Soleinne, Aimé-Martin, et a ensuite figuré à la vente Solar, où il a été payé 1010 fr., non compris les frais d'adjudication.

Ce volume est d'une conservation parfaite et très-grand de marges, avec témoins.

137. Esther, tragédie tirée de l'Escriture sainte (par J. Racine). *Paris, Denys Thierry*, 1689, in-12, fig. v. br.

Édition originale in-12. Exemplaire grand de marges.

138. Athalie, tragédie tirée de l'Escriture sainte (par Racine). *Paris, Cl. Barbin*, 1692, in-12, fig. v. br.

Édition originale in-12. Bel exemplaire de la même taille que le volume précédent.

139. Le Sicilien, ou l'Amour peintre, comédie par J.-B. P. de Molière. *Paris, Jean Ribou*, 1668, in-12, mar. r. dos et coins ornés, tr. dor. (*Capé.*)

Édition originale. Le privilége est daté du dernier jour d'octobre 1667, et à la fin se trouve cette mention : *Achevé d'imprimer pour la première fois le 9 novembre 1667.*

140. Piron (Alexis). Gustave, tragédie. *Paris, Le Breton*, 1733, in-8, cart. non rogné.

Exemplaire précieux, contenant de nombreuses corrections et des additions et changements considérables, entièrement de la main de Piron. En un seul endroit se trouvent huit pages d'additions autographes. Le premier feuillet de garde porte cette mention, de l'écriture de Piron : « *Première édition de mes œuvres, corrigée pour l'édition de 1758, chez Duchêne.* »

141. Machiavelli (Niccolò). Comedia facetissima intitolata Mandragola. (A la fin :) *Stampata in Arimino, per Hieronymo Sōcino*, 1526, in-16. — Comedia di Bernardo Divitio da Bibiena intitolata Calendra. (A la fin :) *Stāpata in Arimino, p. Hieron. Soncino*, 1526. En 1 vol. in-16, vél.

Éditions rares.

142. Aretino (Pietro). L'Horatia (tragedia). *In Vinegia, appresso Gab. Giolito,* 1546, in-8 de 46 ff.
chiffrés. — Comedia intitolata il Filosofo. *In Vinegia, appr. Gab. Giolito,* 1546, in-8 de 58 ff.
— I Sette Salmi della penitentia di David. *S. l. n. d.*
(*Venise, vers* 1540), in-8, lettres ital. portr. gr.
sur bois. En 1 vol. in-8, v. gr. fil. (*Aux armes du
comte* d'Hoym.)

Les deux premières pièces sont très-rares.

4. ROMANS DE CHEVALERIE.

143. ARTUS DE BRETAIGNE. Le preux et vaillāt chevallier Artus de Bretaigne, nouvellemēt imprime
a Paris. (A la fin :) *Cy finist le livre du vaillant et
preux chevalier Artus, filz du duc de Bretaigne,
imprime a Paris par Michel le Noir... lan mil cinq
cens et deux,* pet. in-4 goth. figures sur bois, mar.
v. riches compart. à mosaïque, dos orné, doublé
de mar. cit. tr. dor. (*Chambolle-Duru.*)

Belle et rare édition. Superbe exemplaire, grand de marges, orné
d'une très-riche reliure. Sur chacun des plats se trouve reproduite, de la
même grandeur, la gravure sur bois du titre, représentant Artus de Bretagne
à cheval, armé et équipé, au milieu d'une bataille. Le fond est en maroquin
bleu, pour simuler le ciel ; le costume et les armes d'Artus, ainsi que la tête
du cheval, sont en maroquin citron, et le harnais du cheval en maroquin
violet ; le cheval est en maroquin blanc, ainsi qu'un lévrier lancé à toute vi-
tesse, à côté du cheval, à travers la plaine, dont l'herbe est représentée en
maroquin vert clair. La mosaïque de l'intérieur est aussi très-riche et d'un
très-bon goût. Les ornements et les feuillages sont dorés à petits fers par Marius Michel.

144. LANCELOT DU LAC. Le premier (le second et
le tiers) volume de Lancelot du Lac nouvellement
imprimé à Paris. *On les vend à Paris, en la rue
Sainct-Jacques, par Jehan Petit...* 1533. (Et à la
fin :) *Cy fine le dernier volume de la Table ronde...*

*nouvellement imprime a Paris pour Phelippe le
Noir...* 3 part. en 1 vol. in-fol. goth. à 2 col. fig.
sur bois au commencement, rel. en bois recouv.
de v. br. estampé.

Exemplaire grand de marges, avec témoins, de cette belle édition. Première reliure.

A la fin du volume se trouve cette mention manuscrite du temps, précédée d'une double croix : « *Mon espoyre en Dyeu, Jehenne de la March, contesse de Montfort...* »

145. **MELIADUS DE LEONNOYS.** Au present volume sont contenus les nobles faictz d'armes du
vaillant roy Meliadus de Leonnoys : ensemble plusieurs autres nobles proesses de chevalerie faictes
tant par le roy Artus, Palamedes, le Morhoult dir-
lande, le bon chevalier sans peur, Galehault le
brun, Seguraad, Galaad, que autres bons cheva-
liers... *On les vend a Paris... en la boutique de
Galliot du Pré...* (Et à la fin :) *Ce present vollume
des faitz et gestes du noble roy Meliadus de Lyon-
nois fut achevé d'imprimer à Paris... lan mil cinq
cens xxviii,* in-fol. goth. à 2 col. fig. sur bois,
marque de Galliot du Pré à la fin, rel. en bois
recouv. de v. f. estampé à froid, fermoirs.

Édition rare. Bel exemplaire, grand de marges, avec témoins, et bien conservé. A la fin se trouve la mention suivante, d'une écriture du temps, au-dessous d'une double croix : « *Mon espoyre en Dyeu, Jehenne de la March, contesse de Montfort...* »

146. SENSUYT OGIER LE DANNOIS, duc de Dänemarche :
qui fut l̄ug des douze pers de Frāce... lequel avec
secours et ayde du roy Charlemaigne chassa les
payens hors de Rōme... (A la fin :) *Cy finist le
rommant intitulé Ogier le Dannois, nouvellement
imprimé a Paris pour la veufve feu Jehan Trep-
perel et Jehan Jeannot, s. d.,* pet. in-4 goth. à 2 col.

nombr. fig. sur bois, mar. r. jans. dent. intér. tr.
dor. (*Hardy*.)

Édition rare, la plus ancienne qui ait été donnée in-4, de ce roman. Elle
est ornée de curieuses figures sur bois.
Bel exemplaire.

147. HYSTOIRE TRES RECREATIVE : traictant des
faictz et gestes du noble et vaillant chevalier
THESEUS DE COULONGNE, par sa prouesse empereur de Romme, et aussi de son filz Gadifer,
empereur de Grece, pareillement des trois enfans
dudit Gadifer, cest asçavoir Regnault, Regnier et
Regnesson... *On les vend au Palais*... (Et à la fin :)
*Nouvellement imprime a Paris... lan mil cinq
cēlz trente quatre, par Anthoyne Bonnemere, pour
Jehan Longis et Vincent Sertenas*... 2 tomes en
1 vol. in-fol. goth. à 2 col. nombr. fig. sur bois,
mar. r. fil. à fr. doublé de mar. r. dent. tr. dor.
(*Bauzonnet.*)

Édition rare, la plus ancienne et la plus recherchée. Elle est ornée de
remarquables figures sur bois.

Bel exemplaire, grand de marges et bien conservé, provenant de la bibliothèque de M. Cigongne, sorti comme double de la bibliothèque de M. le duc
d'Aumale.

148. AMADIS DE GAULE. Le premier livre (les
livres I à XII) d'Amadis de Gaule, mis en françois par le seigneur des Essars Nicolas de Herbe-
ray. *Paris, pour Jan Longis*, 1555-1557 (pour les
dix premiers livres), *et Vincent Sertenas*, 1560 (*le
tout imprimé par Estienne Groulleau*), 12 livres
en 7 vol. in-8, v. f. fil. fleurons au milieu des
plats, tr. dor. — Le Thresor des douze livres
d'Amadis de Gaule : assavoir, les harangues, con-
cions, épistres, complaintes, et autres choses les
plus excellentes et dignes du lecteur françois. *Paris, pour Gilles Robinot*, 1560, in-8, fig. sur bois,

v. f. fil. à fr. orn. formés de trois croissants, dos
fleurdelisé. (*Rel. du temps.*)

Édition recherchée et la plus rare d'*Amadis de Gaule*; elle est ornée d'un
grand nombre de figures sur bois. Les 5 premiers volumes de cet exemplaire
sont en reliure du temps, les 2 derniers en reliure moderne.

Le 8ᵉ volume (*Thrésor…*) contient en outre : *les Dialogues de Jean-Louis
Vives pour l'exercitation de la langue latine.* Lyon, Gabr. Cottier, 1560, in-8.

149. Les Quatre Filz Aymon. *Lon les vend a Lyon…*
(Et à la fin :) *Cy finist lhystoire du preux cheva-*
lier Regnault de Montauban, imprimee a Lyon sur
le Rhosne par Claude Nourry dit le Prince, et
Pierre de Vingle, lan de grace Mil. ccccc. xxvi,
in-4 de 116 ff. goth. nombr. fig. sur bois, mar. bl.
riches compart. dos orné, tr. dor. (*Chambolle-*
Duru.)

Édition rare, non citée par M. Brunet. Elle est très-bien imprimée et ornée
de belles figures sur bois.

Bel exemplaire, grand de marges, avec témoins, provenant de la vente
Chédeau (avril 1865).

150. Jean d'Arras. Histoire de Melusine. *S. l. n. d.*,
pet. in-fol. de 62 ff. goth. nombr. fig. sur bois,
vélin.

Traduction allemande du fameux roman de Jehan d'Arras. Édition du quinzième siècle, qui ne figure pas parmi celles que décrit M. Brunet; elle est
ornée de 67 figures sur bois très-curieuses. Cet exemplaire est incomplet du
premier feuillet, signé *a* 1, qui doit contenir le titre.

5. ROMANS DE DIVERS GENRES.

151. L. Apuleii Metamorphoseos, sive lusus Asini
libri XI. — Floridorum, IIII. — De Deo Socratis, I.
— De Philosophia, I. — Asclepius Trismegisti dia-
logus eodem Apuleio interprete… Isagogicus liber
Platonicæ philosophiæ per Alcinoum philoso-
phum, græce…. *Venetiis, in ædibus Aldi et An-*

dreæ soceri, 1521, in-8, mar. v. fil. à fr. compart.
dos orné, tr. dor. (*Thompson.*)

Bel exemplaire, très-bien conservé, de cette édition rare.

152. L. Apuleii metamorphoseos, etc... *Venetiis, in
ædibus Aldi...* 1521, in-8, mar. ol. compart. ancre aldine sur les plats, dos orné, tr. dor. (*Capé.*)

Même édition que la précédente. Le second feuillet de cet exemplaire est
remmargé.

153. Les Métamorphoses, ou l'Asne d'or de L. Apu-
lée... (trad. par J. de Montlyard). *Paris, Samuel
Thiboust,* 1623, in-8, frontisp. et jolies figures de
Crispin de Pas, mar. r. fil. à fr. tr. dor. (*Rel. anc.*)

Première édition de cette traduction et des belles figures de Crispin de
Pas, qui se trouvent ici en très-bonnes épreuves.
Bel exemplaire de RENOUARD.

154. Jo. Barclaii Argenis, editio nova cum clave...
Lugd. Bat., ex officina Elzeviriana, 1630, pet.
in-12, titre gr. demi-rel. mar. n.

Exemplaire NON ROGNÉ, provenant de la vente de M. de la Bédoyère.

155. RABELAIS (Fr.). La Plaisante et Joyeuse Histoyre
du grand geant Gargantua, prochainement reveue
et de beaucoup augmentee par l'autheur mesme.
A Valence, chés Claude la Ville, 1547, in-16 de
245 pages. — Second livre de Pantagruel, roy des
Dipsodes... plus les merveilleuses navigations du
disciple de Pantagruel, dict Panurge. *Valence,
Claude la Ville,* 1547, 320 pages, — Tiers livre
et quart livre des faictz et dictz heroiques du noble Pantagruel... *Valence, Claude la Ville,* 1547
et 1548; ensemble 349 pages. Le tout en 1 vol.
in-16, nombr. fig. sur bois, mar. v. fil. dos orné,
tr. dor. (*Belz-Niedrée.*)

Édition rare, qui est une contrefaçon faite vers la fin du seizième siècle
de l'édition de 1547. Les figures sur bois sont très-curieuses.

156. OEuvres de maître François Rabelais,... où
l'on a joint des remarques historiques et critiques
(par J. le Duchat et Bern. de la Monnoye).
Amsterdam, Henri Bordesius, 1711, 6 tom. en
5 vol. in-8, frontisp. gr. portr. figures et carte, vél.
blanc.

Bel exemplaire en grand papier de cette édition estimée.

157. LUPANIE, Histoire amoureuse de ce temps (attribuée à Corneille Blessebois). *S. l. n. d. Imprimé cette année (vers* 1685), in-12, mar. v. fil.
dos orné, **tr. dor.** (*Bauzonnet-Trautz.*)

Petit roman fort rare. Très-bel exemplaire.

158. L'Apoticaire de qualité, nouvelle galanterie
(*sic*) et veritable (par de Villiers, comédien). *Cologne, Pierre Marteau (Holl., à la Sphère),* 1670,
pet. in-12, mar. **r.** coins ornés, tr. dor. (*Niedrée.*)

Petit livre rare.

159. LE TAUREAU BANNAL de Paris. *Cologne, Pierre
Marteau (Hollande, à la Sphère),* 1689, pet. in-12,
mar. bl. fil. à fr. tr. dor. (*Duru.*)

Petit roman galant et facétieux, très-rare. Le héros (désigné sous le titre
satirique de *Taureau bannal*) est le comte de Monrevel, cadet de Bresse,
gentilhomme de la cour de M. (Philippe d'Orléans). Ce livre est un des plus
piquants qui aient été faits sur l'histoire galante de Louis XIV. Il en est du
reste un des plus rares.

160. HISTOIRE AMOUREUSE et badine du congrès et de
la ville d'Utrecht, en plusieurs lettres écrites par
le domestique d'un des plénipotentiaires à un de
ses amis (par Casimir Freschot). *Liége, chez Jacob
le Doux, s. d.,* pet. in-12, frontisp, gr. mar. v.
fil. dos orné, tr. dor. (*Jolie rel. anc.*)

Aux armes de madame la duchesse DE POMPADOUR.
Petite histoire galante et facétieuse assez difficile à trouver. Les deux der-
nières pages sont imprimées en plus petits caractères.
Ce charmant exemplaire provient aussi de la vente Gaignat.

161. LES CENT NOUVELLES nouvelles. *Cy finissent les cent nouvelles nouvelles composees et recitees par nouvelles gens depuis nagueres, et imprimees à Paris le xx viii jour de decembre* MIL CCCC *lxxx et vi p. Anthoine Verard, libraire sur le pont Nostre-Dame....* Pet. in-fol. goth. à 2 col. nombr. fig. sur bois, mar. r. compart. formés de filets entrelacés, dos orné, tr. dor. (*Bauzonnet-Trautz.*)

PREMIÈRE ÉDITION, TRÈS-RARE ET TRÈS-PRÉCIEUSE.

Exemplaire de M. Bertin, grand de marges, mais dont les deux derniers feuillets paraissent avoir été refaits.

L'exemplaire de M. DOUBLE, provenant de MM. de Clinchamp et Solar, et annoncé comme étant le seul exemplaire connu, existant dans les bibliothèques particulières, a été vendu 8,000 fr.

162. LES NOUVELLES RECREATIONS et joyeux devis de feu Bonaventure des Periers. *Lyon, Guillaume Rouille,* 1561, pet. in-4, mar. r. fil. et compart à dent. dos orné, tr. dor. (*Thompson*).

ÉDITION RARE ET RECHERCHÉE.

Bel exemplaire réglé, provenant de la vente SOLAR. Quelques légers raccommodages et une tache d'encre.

163. Tableaux de la vie, ou les Mœurs du dix-huitième siècle (par Rétif de la Bretonne). *A Neuwied sur le Rhin, et à Strasbourg, chez J.-G. Treuttel, s. d.,* 2 tom. en 1 vol. in-18, fig. de Moreau, mar. v. fil. dos orné, tr. dor.

Joli exemplaire relié sur brochure. Bonnes épreuves des figures.

164. HYPNEROTOMACHIA POLIPHILI, ubi humana omnia non nisi omnium esse docet, atque obiter plurima scitu sane quam digna commemorat... (opus a Franc. Columna compositum et a Leon. Crasso editum). *Venetiis... in ædibus Aldi Manutii,* MID (1499), in-fol. nombr. fig. sur bois, v. br. compart. tr. dor.

EXEMPLAIRE DE GROLIER, avec sa devise.

Première édition ornée de nombreuses et remarquables figures sur bois, dont les dessins sont attribués à Giovanni Bellino. Ce précieux exemplaire, bien conservé et dont toutes les figures sont intactes, provient de la bibliothèque de M. S. W. SINGER dont la vente a été faite à Londres au mois de mai 1860.

165. HYPNEROTOMACHIE, ou discours du songe de Poliphile, deduisant comme Amour le combat à l'occasion de Polia,... nouvellement traduict de langage italien en françois (par Jean Martin). *Paris, pour Jacques Kerver,* 1546, in-fol. titre gr. et nombr. fig. sur bois, mar. r. fil. compart. à la du Seuil, dos orné tr. dor. (*Petit.*)

Livre recherché pour les belles et nombreuses figures sur bois dont il est orné. C'est ici la première édition.

Exemplaire grand de marges, mais dont le titre est remmargé. Quelques taches.

166. IL DECAMERONE di M. Giovanni Boccaccio novamente corretto con tre novelle aggiunte. *Impresso in Vinegia nelle case d'Aldo Romano et d'Andr. Asolano...* 1522, pet. in-4, mar. r. compart. à fr. (*Rel. du temps.*)

Très-jolie édition aldine, rare et recherchée. Bel exemplaire très-bien conservé, dans sa première reliure. Sur les marges se trouvent plusieurs notes manuscrites du seizième siècle.

167. IL DECAMERONE DI M. GIOVANNI BOCCACCIO nuovamente corretto et con diligentia stampato. *Impresso in Firenze per li heredi di Philippo di Giunta...* 1527, pet. in-4, lettres italiques, mar. r. dent. dos orné à l'oiseau, doublé de tabis, dent. intér. tr. dor. (*Rel. anc.*)

ÉDITION TRÈS-RARE ET TRÈS-RECHERCHÉE. Bel exemplaire bien conservé.

168. Il Decamerone di M. Giovanni Boccaccio nuovamente corretto et con diligentia stampato. *Impresso in Firenze per li heredi di Philippo di Giunta...* 1527, pet. in-4, caract. ital. v. m.

Contrefaçon faite en 1729, à Venise, chez Pasinello, par les soins d'Etienne Orlandini, et presque semblable à l'édition originale, pour laquelle on la prend souvent.

169. Il Decameron di messer Giovanni Boccacci... si come lo diedero alle stampe gli S. S. Giunti anno 1527. *In Amsterdamo (Elzev.)*, 1665, in-12, mar, r. dent. dos orné, tr. dor. (*Bisiaux*).

Exemplaire grand de marges. Hauteur : 146 millim. 1/2. Quelques feuillets sont légèrement jaunis.

170. Le Décaméron de Jean Boccace (traduit en français par Ant. le Maçon). *Londres (Paris)*, 1757, 5 vol. in-8, nombr. fig. d'Eisen, de Gravelot, de Cochin et autres, v. f. dent. dos orné, tr. dor.

Bel exemplaire en papier de Hollande, très-grand de marges, avec témoins, et avec les figures doubles.

6. philologie, satires, facéties, etc.

171. Gli Asolani di messer Pietro Bembo. *Impressi in Vinegia nelle case d'Aldo Romano et d'Andrea Asolano... M. D. XV*, in-8, mar. r. dent. dos orné, tr. cisel. et dor. (*Bozérian.*)

Seconde édition. Exemplaire grand de marges, contenant l'épitre dédicatoire à Lucrèce Borgia, qui ne s'y trouve pas toujours.

172. ADAGIORUM OPUS DES. ERASMI... ex postrema autoris recognitione ; accessit huic editioni index novus... *Lugduni, apud Sebast. Gryphium*, 1550, in-fol. à 2 col. v. br. riches compart. à mosaïque, tr. ciselée, coloriée et dorée.

Très-belle reliure du seizième siècle, dont les compartiments sont à mosaïque formée de bandes de veau noir entourées de filets d'argent, entrelacées avec originalité. Dans les intervalles se trouve répété plusieurs foi un chiffre formé des lettres C. R. N. E. T. H. Y. Au milieu se trouvent les armes peintes de la famille de Croy, avec ces mots : J. Y. *Parvi*||en-

DRAY * CROY. Le dos de la reliure est entièrement couvert du même chiffre répété à l'infini.

Exemplaire réglé et d'une parfaite conservation.

Charles, duc de Croy, prince du Saint-Empire, général des troupes de l'empereur, né en 1560 et mort en 1612, était un grand amateur de livres et d'antiquités.

173. ADAGIORUM ERASMI Roterodami epitome. *Amstelodami, apud Ludovicum Elzevirium,* 1650, in-12, mar. r. jans. dent. intér. non rog. (*Trautz-Bauzonnet.*)

Bel exemplaire, NON ROGNÉ. Très-rare en cette condition.

174. Apologie pour Hérodote, ou traité de la conformité des merveilles anciennes et modernes, par Henri Estienne,... remarques par le Duchat. *La Haye, Henri Scheurber,* 1735, 2 tomes en 3 vol. in-8, gr. à chaque vol. cart.

Édition très-estimée. Exemplaire NON ROGNÉ.

175. LES BIGARRURES ET TOUCHES du seigneur des Accords (Estienne Tabourot), avec les Apophthegmes du sieur Gaulard et les Escraignes dijonnoises. *Paris, Estienne Maucroy et Arnould Cotinet,* 1662, 2 part. en 1 vol. in-12, mar. r. fil. dos et coins ornés, tr. dor. (*Rel. anc.*)

176. LES BIGARRURES ET TOUCHES du Seigneur des Accords (Estienne Tabourot), avec les Apophthegmes du sieur Gaulard et les Escraignes dijonnoises. *Paris, Arnould Cotinet et Estienne Maucroy,* 1662, 2 part. en 1 vol. in-12, fig. sur bois, mar. r. fil. tr. dor. (*Rel. anc.*)

Exemplaire grand de marges.

177. Stultitiæ laus, Desid. Erasmi declamatio. *Amstelædami, apud Henricum Wetstenium,* 1685, pet. in-12, frontisp. gr. mar. r. fil. dos orné, tr, dor. (*Niedrée*).

Jolie édition dans le genre des Elsevier. Bel exemplaire grand de marges.

178. L'Éloge de la Folie, traduit du latin d'Erasme
par M. Gueudeville, nouvelle édition revue et
corrigée sur le texte de l'édition de Basle (par
Meunier de Querlon). *S. l. (Paris)*, 1751; in-8
tiré in-4, texte encadré, frontisp. et figures d'Eisen, mar. r. large dent. dos orné tr. dor. (*Jolie
rel. anc.*)

Bel exemplaire réglé, dont les figures sont coloriées. La reliure est ornée
sur les plats et sur le dos de plusieurs marottes mêlées aux ornements, fleurs
et feuillages en guirlandes, qui forment les compartiments.

179. Les Fantasies (*sic*) de Bruscambille, contenant
plusieurs discours, paradoxes, harangues et prolo-
logues facecieux ; reveuë et corrigée en cette dernière édition. *Paris, Florentin Lambert (la Haye)*,
1668, pet. in-12, mar. r. fil. dos orné, tr. dor.
(*Niedrée.*)

Édition que l'on joint à la collection des Elsevier. Hauteur de cet exemplaire : 127 millim. Quelques feuillets sont plus étroits que les autres.

180. Premier livre (second et troisiesme) des Serées
de Guillaume Bouchet, sieur de Brocourt, reveues
et augmentées par l'autheur. *Paris, Jérémie Pé-
rier*, 1608, 3 vol. in-12, vél.

Première édition complète, rare et recherchée.

7. POLYGRAPHES.

181. M. TULLII CICERONIS opera, cum optimis
exemplaribus accurate collata. *Lugd. Batavorum,
ex offic. Elzeviriana*, 1642, 10 vol. pet. in-12,
portr. et frontisp. gr. mar. bl. dent. dos orné,
doublé de tabis rose, tr. dor. (*Derome.*)

Magnifique exemplaire, très-grand de marges, et rempli de témoins,
provenant de la bibliothèque de Renouard (*Catal. de la bibliothèque d'un
amateur*). Il a 138 millim. 1/2 de hauteur. C'est un des plus beaux qui
existent et c'est le plus grand de marges qu'on connaisse. On y a joint le joli

portrait de Cicéron, gravé par Fiquet, deux épreuves de celui de Saint-Aubin, et trois vignettes d'après Moreau. La reliure est une des plus jolies de Derome.

L'exemplaire a quelques défauts que nous devons signaler. Dans le tome II, premier des *Orationes*, la feuille O, pages 313-336, est plus courte de 4 millim. que le reste du volume. Les tomes VII et VIII, *Opera philosophica*, sont plus courts de 2 millim. que les autres volumes. (La reliure rend cette différence peu sensible.) Enfin dans le tome IX *De officiis* (qui est de l'édition de 237 pages), six feuillets ont chacun un léger trou de ver sur le bord de la marge, et quelques autres ont été remmargés.

182. OEUVRES DE DENIS DIDEROT, avec la préface de l'édition de Naigeon. *Paris, J.-L.-J. Brière,* 1821, 20 vol. gr. in-8, demi-rel. v. ant. non rog.

Exemplaire en **GRAND PAPIER VÉLIN**.

183. RECUEIL DE PIÈCES CHOISIES, rassemblées par les soins du Cosmopolite (avec une épître dédicatoire « à madame de Miramion », et une préface, attribuée à Moncrif). *A Anconne, chez Uriel B.....t,* 1735, pet. in-4, mar. bl. fil. dos orné, tr. dor. *(Jolie rel. anc.)*

RECUEIL FORT RARE de pièces libres et facétieuses, françaises et italiennes, que l'on croit avoir été formé par le duc d'Aiguillon et imprimé dans son château de Verret en Touraine.

Il n'en a été tiré qu'un très-petit nombre d'exemplaires, sept selon les les uns, douze suivant les autres. Bel exemplaire.

HISTOIRE.

I. GÉOGRAPHIE, HISTOIRE UNIVERSELLE, HISTOIRE
DES RELIGIONS.

184. L'Isole più famose del mondo descritte da Thomaso Porcacchi da Castiglione Arretino et intagliate da Girolamo Porro. *In Venetia, appresso gli heredi di Simon Galignani*, 1590, pet. in-fol. titre gr. nombr. fig. d'iles, vél.

Livre rare. Exemplaire grand de marges.

185. FRECULPHI episcopi lexoviensis chronicorum libri duo... opus nunc primum typis excusum.... (*Coloniæ*), *imprimebat Melchior Novesianus*, 1539, in-fol. v. f. riches compart. dos orné, tr. dor.

Superbe exemplaire de MAIOLI avec sa devise. La reliure est très-bien conservée.
De la bibliothèque de M. L. DOUBLE.

186. DISCOURS SUR L'HISTOIRE universelle, depuis le commencement du monde, jusqu'à l'empire de Charlemagne, par messire Jacques-Bénigne Bossuet. *Paris, Séb. Mabre-Cramoisy*, 1681, in-4, mar. grenat, plus. filets, dos orné, tr. dor. (*Bauzonnet.*)

ÉDITION ORIGINALE. Bel exemplaire grand de marges, auquel on a joint UNE LETTRE AUTOGRAPHE SIGNÉE de Bossuet, au président de Lamoignon, et deux beaux portraits d'après H. Rigault, gravés l'un par Edelinck l'autre par Petit.

187. Sulpitii Severi opera omnia quæ extant. *Lugd. Batavorum, ex officina Elzeviriana*, 1643, pet.

iu-12, frontisp. gr. mar. bl. dent. dos orné, tr.
dor. (*Bozérian.*)

Bel exemplaire, grand de marges, de M. DE LA BÉDOYÈRE.
Hauteur : 135 millim.

188. EUSEBIUS. Libri historie ecclesiastice... *S. l.
n. d.*, pet. in-fol. sem. goth. de 128 ff. à 2 col.,
mar. br. compart. à fr. tr. dor. (*Thompson*)

ÉDITION RARE, attribuée soit à Eggesteyn, de Strasbourg, soit à Conr.
Fyner, qui imprimaient vers 1473.
Exemplaire grand de marges et bien conservé.

189. PLATINA (*Barthol. Sacchi*). Platinæ historici
liber de vita Christi : ac Pontificum omnium, qui
hactenus ducenti et viginti duo fuere. (In fine :)....
(*Venetiis*) *Impensa Johannis de Colonia Agri-*
pinensi ejusque socii Johannis Mathen de Ghe-
retzem..... 1479, pet. in-fol., lettres rondes, vél.

Première édition, rare. Exemplaire grand de marges, dont le premier
feuillet après le prologue est entouré d'ornements en or et en couleurs, avec
les armes du pape Sixte IV peintes au bas de la page.
Sur les marges se trouvent des notes nombreuses d'une écriture du temps.

190. JOANNIS BOCATII de genealogia Deorum libri quindecim, cum annotationibus Jacobi Mycilli;
ejusdem de montium, sylvarum, fontium, lacuum,
fluviorum... *Basileæ, apud Jo. Hervagium,* 1532,
in-fol. v. br. compart. et dent. tr. dor.

EXEMPLAIRE DE GROLIER, avec sa devise. Cet exemplaire, dont la reliure est restaurée, a figuré aux ventes Coste et Libri.

191. BOCACE DE LA GENEALOGIE DES DIEUX. (A la
fin :) *Cy finist Jehan Bocace de la genealogie des*
dieux, imprime nouvellement a Pariz lan mil cccc
quatre vingtz et dix-huit... pour Anthoine Ve-
rard... in-fol. goth. à 2 col. fig. sur bois, v. f.
plats et dos ornés, tr. dor. (*Rel. anc.*)

ÉDITION RARE, ornée de nombreuses et remarquables figures en bois.
C'est un des plus beaux livres que Vérard ait publiés.
Exemplaire très-grand de marges et bien conservé.

2. HISTOIRE ANCIENNE.

192. OROSIUS (Paulus). Historiæ adversum Christiani nominis querulos libri numero septem… (In
fine :) *Per Johannē Schŭszler florentissime urbis
Auguste concivē impressi anno…* 1471, in-fol. sem.
goth. de 130 ff. non chiffrés, demi-rel. mar. v. fil.

Première édition, rare.
Bel exemplaire, grand de marges et bien conservé.

193. OROSIUS (Paulus). Historiarum libr. VII.
(*Vicentiæ, per Hermannum Levilapidem de Colo=
nia,* circa 1475), in-fol. de 100 ff. caract. rom.
mar. r. fil.

Édition rare. Exemplaire grand de marges et bien conservé, avec lettres
initiales manuscrites, ornées en couleur.

194. Histoire des Juifs, écrite par Flavius Josephe,
sous le titre de Antiquitez judaïques, traduite sur
l'original grec, revu sur divers manuscrits, par
Arnauld d'Andilly. *Bruxelles, Eug.-Henry Fricx,*
1701-1702, 3 vol. — Histoire de la guerre des
Juifs contre les Romains… par le même, traduite
par Arnauld d'Andilly. *Bruxelles, E.-H. Fricx,*
1703, 2 vol. Ensemble 5 vol. in-8, frontisp. et
nombr. fig. demi-rel. cuir de Russie.

Édition recherchée. Exemplaire en papier fort.

195. Quintus Curtius de rebus gestis Alexandri ma-
gni, regis Macedonum, cum annotationibus Des.
Erasmi. *Parisiis, apud Simonem Colinæum,* 1533,
in-8, lettres rondes, mar. r. jans. dent. intér. tr.
dor. (*Trautz-Bauzonnet.*)

Superbe exemplaire, très-grand de marges, avec témoins, de cette belle
édition.

196. Titi Livii Romanæ historiæ qui exstant quinque et triginta libri... *Lugduni, sumtibus Thomæ Soubron,* 1620 (et in fine :) *Lugduni, ex typogr. Petri Marniolles,* 1621, in-4, mar. r. dent. compart. dos orné, tr. dor. (*Rel. anc.*)

Exemplaire de Louis XIII, roi de France, aux armes de France et de Navarre. Les plats et le dos de la reliure sont semés de fleurs de lis alternant avec des L couronnés. Reliure bien conservée.

197. Titi Livii historiarum quod extat, ex recensione J.-F. Gronovii. *Amstelodami, apud Danielem Elzevirium,* 1678, in-12, à 2 col. frontisp. gr. vél.

Bel exemplaire très-grand de marges, le plus grand connu. Hauteur : 152 millim. 1/2 (5 pouces 8 lig.), c'est-à-dire un peu plus que l'exemplaire remarquable de la vente Renouard (1855), qui fut vendu 270 fr.

198. Titi Livii historiarum quod extat, ex recensione J.-F. Gronovii. *Amstelodami, apud Danielem Elzevirium,* 1678, in-12 à 2 col. frontisp. gr. mar. r. fil. à fr. (*Rel. anc.*)

Même édition. Joli exemplaire également du premier tirage. Hauteur : 145 mill.

199. C. Julii Cæsaris quæ extant, ex emendatione Jos. Scaligeri. *Lugduni Batavorum, ex offic. Elzeviriana,* 1635, pet. in-12, titre gravé, cartes mar. r. fil. à fr. tr. dor. (*Niedrée.*)

Jolie édition du bon tirage, rare et très-recherchée. Bel exemplaire. Hauteur : 123 millim.

200. I Commentari di C. Giulio Cesare, con le figure in rame, de gli allogiamenti, de' fatti d'arme, delle circonvallationi delle città... fatte da Andre Palladio... *In Venetia, appresso de' Franceschi,* 1575, pet. in-4, nombr. fig. sur bois, mar. br. riches compart. à mosaïque, dos orné, doublé de mar. v. riches compart. tr. dor. et ciselée.

Très-belle reliure du seizième siècle, parfaitement conservée. Les

compartiments à mosaïque de maroquin rouge, blanc, bleu, vert et violet,
sont très-riches et les couleurs en sont restées très-fraîches.

Traduction italienne rare, et curieuse pour les figures sur bois d'And.
Palladio.

201. JOANNIS CUSPINIANI... poetæ et medici ac divi
Maximiliani Augusti oratoris, de Cæsaribus atque
imperatoribus romanis opus insigne.... vita Joan.
Cuspiniani et de utilitate hujus historie, per
D. Nicol. Gerbelium. *S. l.*, 1540, in-fol. nombr.
portr. en médailles, mar. br. compart. à mosaïque, tr. dor.

Bel exemplaire de CANEVARIUS, médecin du pape Urbain VII, avec sa
marque ordinaire (Apollon conduisant son char), peinte et en relief dans un
médaillon au milieu des plats de la reliure.

Les couleurs des compartiments à mosaïque sont encore très-fraîches, et
les plats de la reliure sont parfaitement conservés ; mais le dos paraît avoir
été restauré.

Ce beau livre a été acheté à la vente Eug. P*** (avril) 1862.

202. P. CORNELII TACITI... Annalium libri sedecim,
ex castigatione Æmylii Ferretti, Beati Rhenani,
Alciati, ac Beroaldi. *Lugduni, apud Seb. Gryphium,*
1542, 3 part. en 1 vol. in-8, mar. r. riches compart. à mosaïque, incrustations de mar. n. dos
orné de même, tr. cisel. et dor.

BELLE RELIURE DU SEIZIÈME SIÈCLE, très-bien conservée.

Exemplaire aux armes du cardinal de TOURNON, auquel le livre est dédié.

Le célèbre cardinal François de Tournon, né à Tournon en Vivarais et
mort à Saint-Germain en Laye en 1562, fut un des protecteurs des lettres
au seizième siècle. Il avait formé une superbe bibliothèque qu'il légua aux
jésuites du collége de Tournon.

203. C. Corn. Tacitus ex J. Lipsii editione cum not.
et emend. H. Grotii. *Lugduni Batavorum, ex of-*
fic. Elzeviriana, 1640, 2 vol. pet. in-12, portr.
d'Auguste, de Livie et de Tibère, à la 8ᵉ page, tabl.
généal. mar. br. double fil. dos et coins ornés,
tr. dor. (*Niedrée.*)

Bel exemplaire grand de marges. Hauteur : 129 millim. Sur le dos se
trouvent les armes de sir R. T.

204. C. Cornelii Taciti opera, supplementis, notis
et dissertationibus illustravit Gabriel Brotier. *Pa-*
risiis, ex typog. L.-F. Delatour, 1776, 7 vol. in-
12, mar. r. fil. dos orné, tr. dor. (*Rel. anc.*)

Très-bel exemplaire.

3. HISTOIRE MODERNE.

205. BASILICON, opus genealogicum catholicum de
præcipuis familiis imperatorum, regum, principum aliorumque procerum orbis Christiani, editum studio et opera Eliæ Reusneri Leorini.....
Francofurti, ex offic. typogr. Nicolai Bassæi,
1592, in-fol. mar. br. riches compart. à mosaïque,
tr. ciselée, historiée en or et couleur.

Livre rare.

TRÈS-RICHE RELIURE faite pour l'empereur RODOLPHE II, empereur d'Allemagne, roi de Hongrie et de Bohême, auquel l'ouvrage est dédié.

Les compartiments sont formés d'ornements variés, de fleurs, de feuillages,
en relief et peints en or et couleur. Au milieu des plats, dans un riche encadrement, se trouvent, d'un côté, le portrait de l'empereur Rodolphe revêtu
d'une brillante cuirasse, tenant d'une main une épée et de l'autre le globe
impérial avec une devise, et, de l'autre côté, ses armes peintes.

Cette belle reliure est parfaitement conservée, et la tranche du volume où
se trouvent répétés les armes ciselées et peintes et autres ornements a
aussi conservé une grande fraîcheur.

Exemplaire provenant de la bibliothèque de M. L. DOUBLE.

206. OBSERVATIONS CRITIQUES sur l'Histoire de France
écrite par Mézerai (par le P. Daniel, jésuite). *Pa-*
ris, Jean Musier, 1700, in-12, v. gr.

EXEMPLAIRE TRÈS-PRÉCIEUX, chargé de notes manuscrites autographes
de VOLTAIRE. (*Note signée* de Charles Nodier, *qui se trouve sur le titre du*
volume.)

De la bibliothèque de RENOUARD.

207. LE PREMIER VOLUME (LE SECOND ET LE TIERS) DE
ENGUERRAN DE MONSTRELLET ensuyvant Froissart,
des Croniques de France, Dangleterre, Descoce,

Despaigne..... jusques en lan mil V cens et xviii. *Imprime a Paris lan de grace mil V cens et x. viii. (et à la fin :) Cy finist le tiers volume.... imprime a Paris lan de grace mil cinq cens et x viii.... pour Francoys Regnault....* 3 vol. in-fol. goth. à 2 col. fig. sur bois, vél. blanc.

Exemplaire bien conservé, sauf quelques légers raccommodages. Les figures sur bois du commencement de chaque volume sont coloriées.

Malgré une transposition du titre et de la table du tome II dans le tome III, et *vice-versa,* cet exemplaire est bien complet.

208. CRONICQUE ET HISTOYRE faicte et composee par feu messire Philippe de Commines, chevallier, seigneur Dargenton, contenant les choses advenues durant le regne du roy Loys unziesme .... avec plusieurs notables mis en marge.... (A la fin :) *Et fut achevee dimprimer le vingtiesme jour du moys de mars lan* 1529, *pour Francoys Regnault, libraire..... de Paris,* pet. in-fol. goth. de 4 ff. préliminaires et 106 ff. mar. br. dos et coins fleurdelisés, dent. intér. tr. dor. (*Trautz-Bauzonnet.*)

EXEMPLAIRE PRÉCIEUX, NON ROGNÉ, d'une édition rare. Première partie, portant sur le titre la marque de Pierre Gaudoul.

Les coins de quelques feuillets sont légèrement raccommodés.

De la bibliothèque de M. ARMAND BERTIN.

209. LES CRONIQUES ANNALLES des pays Dangleterre et Bretaigne... puis Brutus jusques au trespas du feu duc de Bretaigne Françoys second du nom dernier decede, faictes et redigees par ...maistre Alain Bouchard.... et depuis augmentees et continuees jusques en lan mil cinq cens xvi. *On les vend a Paris..... en la boutique de Galiot du Pre....* (et à la fin :) ....*imprimees a Paris par Anthoine Cousteau* ....mil cinq cens xxxi, *pour Jehan Petit et Galiot du Pre,* in-fol. goth. de

10 ff. prélim. et 233 ff. fig. sur bois, mar. br. fil. à fr. dos et coins ornés, tr. dor.

BELLE ÉDITION, RARE ET FORT RECHERCHÉE.
Exemplaire grand de marges.

210. LES MÉMOIRES DE MESSIRE PHILIPPES DE COMMINES, sieur d'Argenton. *Leide, chez les Elzeviers*, 1648, pet. in-12, titre gr. mar. bl. fil. dos orné, tr. dor. (*Niedrée.*)

Bel exemplaire. Hauteur : 130 millim. Sur le dos de la reliure se trouve les armes de sir R. T.

211. Histoire du roy Henry le Grand, composée par messire Hardouin de Péréfixe. *Amsterdam, Louys et Daniel Elzevier*, 1661, pet. in-12, frontisp. gr. mar. bl. fil. dent. à fr. dos orné, tr. dor. (*Thouvenin.*)

Joli exemplaire. Hauteur : 131 millimètres.

212. L'Histoire universelle du sieur d'Aubigné (de l'an 1550 à la fin du xvie siècle). *A Maillé, par Jean Moussat*, 1616-1620, 3 tomes en 1 vol. pet. in-fol. mar. bl. jans. tr. dor. (*Thompson.*)

Édition rare et recherchée.

213. HISTOIRE DE L'ENTRÉE DE LA REINE, mère du roy très-chrestien, dans la Grande-Bretagne, par le sieur de la Serre. *A Londre, impr. par George Thomason et Octavian Pullen* (1639), frontisp. gr. et fig. — Histoire de l'entrée de la reine mère du Roy... dans les Provinces-Unies des Pays-Bas, par le même. *Londre, Jean Raworth....* 1639, frontisp. gr. et fig. ; en 1 vol. in-fol. mar. la Vall. fil. tr. dor. (*Thompson.*)

Ouvrages rares, ornés de curieuses figures. Beaux exemplaires, grands de marges.

214. Mémoires d'un favory de son Altesse Royale Monsieur le duc d'Orléans (de Bois d'Annemets

ou d'Almay). *Leyde, Jean Sambix, à la Sphère (Bruxelles, Foppens)*, 1668, pet. in-12, mar. r. fil. dos orné, tr. dor. (*Trautz-Bauzonnet.*)

Petit livre rare et curieux, pouvant servir d'introduction aux Mémoires de Montrésor. Joli exemplaire. Léger raccommodage au coin d'un feuillet.

215. Mémoires de monsieur de Montrésor. Diverses pièces durant le ministère du cardinal de Richelieu, etc... *Cologne, Jean Sambix (à la Sphère, Bruxelles, Foppens)*, 1664-1665, 2 vol. pet. in-12, mar. viol. tr. dor.

Jolie édition que l'on joint à la collection des Elzevier. Hauteur de cet exemplaire : 123 millim.

216. Mémoires de M. D. L. R. (le duc de la Rochefoucault), sur les brigues à la mort de Louys XIII, les guerres de Paris et de Guyenne, et la prison des princes... — Apologie pour monsieur de Brienne. — Mémoires de monsieur de la Chastre. *Cologne, Pierre Van Dyck (Bruxelles, Foppens)*, 1663, pet. in-12, mar. bl. fil. à fr. tr. dor. (*Capé.*)

Bel exemplaire d'une édition que l'on joint à la collection des Elseviers. Hauteur : 129 millim. 1/2.

217. Mémoires complets et authentiques du duc de Saint-Simon sur le siècle de Louis XIV et la Régence, collationnés sur le manuscrit original par M. Chéruel, et précédés d'une notice par M. Sainte-Beuve. *Paris, L. Hachette*, 1856-1858, 20 vol. gr. in-8, portr. demi-rel. dos et coins de mar. v. tête dor. non rog.

Bel exemplaire en grand papier. Tiré à cent exemplaires seulement.

218. Le Siècle de Louis XIV, publié par M. de Francheville (par Voltaire). *Berlin, chez C.-F. Henning*, 1751, 2 vol. in-12, v. m.

Précieux exemplaire de l'édition originale, avec un grand nombre de notes, additions et corrections de **Voltaire**, en partie de sa main et le reste écrit certainement sous sa dictée par Linant, son secrétaire. C'était la préparation de l'édition publiée à Dresde en 1753, 2 vol. in-8, *revue par l'auteur et considérablement augmentée.*

Cet exemplaire, qui provient de la bibliothèque de **Frédéric le Grand**, a été acheté 400 fr. à la vente **Double**.

219. **Portraits des députés célèbres** à l'Assemblée nationale de France, en 1789, dessinés par J. Guérin, gravés par Fiesinger. En 1 vol. in-4, demi-rel. mar. v.

Recueil précieux, contenant, outre les portraits indiqués, plusieurs autographes de ces personnages et quelques dessins à la mine de plomb.

Voici le détail des autographes : 1° une lettre autographe signée de **Mirabeau**, et son portrait au crayon ; — 2° une lettre aut. sig. de **Barère** ; — 3° une lettre aut. signée de **Lafayette** ; — 4° une let. aut. sig. d'Alexandre **Lameth** ; — 5° une l. a. s. de Charles **Lameth** ; — 6° une note aut. sig. de **Roederer**.

En outre des portraits gravés par Fiesinger, il s'en trouve plusieurs autres gravés par Élis. G. Herban, parmi lesquels on remarque, celui de Bonaparte, en trois états : sur papier ordinaire, sur papier de Chine et sur soie ; celui de Kléber et celui de Desaix, dans les trois mêmes états. Un autre portrait de ce dernier s'y trouve aussi, dessiné à l'encre de Chine, dans une médaille commémorative de sa mort et de la bataille de Marengo.

Ce recueil provient de la bibliothèque de **M. Renouard**.

---

220. BEDA (**Venerab.**). Historia ecclesiastica gentis Anglorum (absque nota, *sed Argentorat., Eggesteyn*, vers 1473), pet. in-fol. de 97 ff. sem. goth. à 2 col. tr. dor. (*Thompson.*)

Édition rare et précieuse, la plus ancienne de cette histoire. Bel exemplaire, grand de marges et bien conservé.

221. **Britannie** utriusque regum et principum Origo et gesta insignia ab Galfrido Monemutensi ex antiquissimis Britannici sermonis monumentis in latinum sermonem traducta : et ab Ascensio cura et impendio magistri Juonis Cavellati in lucem edita.... (In fine :) *Ex ædibus nostris (Parisiis, Jo. Badius Ascensius), ad idus Julias anni*

M. D VII, pet. in-4, lettres rondes, fig. en bois
sur le titre, v. br. estampé.

Première édition, rare, de cette histoire de Geoffroy de Monmouth, qui
vivait à la fin du douzième siècle.

Bel exemplaire, grand de marges, dans sa première reliure, qui a été restaurée.

222. BENEDICTUS PÆANTIUS (*Alexand.*). Diaria de
bello Carolino. *S. l. n. d. (Venetiis, Aldus Ma-
nutius,* circa 1496), pet. in-4, caractères rom. de
68 ff. mar. bl. fil. coins ornés, tr. dor. (*Purgold.*)

Livre très-rare, une des premières impressions d'Alde-Manuce. C'est
une courte relation en forme de journal, faite par Alexandre Benedetti,
médecin dans l'armée vénitienne qui combattit Charles VIII à son retour
de la conquête de Naples.

Exemplaire bien conservé, sauf quelques légers raccommodages.

223. Petri Bembi cardinalis historiæ Venetæ
libri XII. *Venetiis, apud Aldi filios,* 1551, in-fol.
fig. en bois sur le titre, marque au verso du dernier feuillet, demi-rel. mar. r.

Le titre est remonté.

224. Le Attioni di Castruccio Castracane de gli
Antelminelli, signore di Lucca, con la genealogia della famiglia, estratte dalla nuova Discrit-
tione d'Italia, di Aldo Manucci. *In Roma, presso
gli heredi di Gio. Gigliotti,* 1590, pet. in-4,
portr. sur le titre, mar. v. riches compart. dos
orné. tr. dor. (*Niedrée.*)

Édition rare d'un ouvrage estimé.

Bel exemplaire grand de marges, aux armes de sir R. T.

225. Cronique de Flandres, anciennement composée par autheur incertain et nouvellement mise
en lumiere par Denis Sauvage de Fontenailles en
Brie. (Continuation jusqu'en 1435, et mémoires
de messire Olivier de la Marche, mis en lumière

par le même.) *Lyon, Guill. Rouille,* 1562, 3 part.
en 1 vol. in-fol. rel. en cuir de Russie.

Bel exemplaire, grand de marges, de cet ouvrage rare.

Quoique M. Brunet donne deux dates à cette édition (1561-62), les 3 parties du présent exemplaire portent la même date de 1562.

226. BADIUS ASCENSIUS (*Jodocus*). Danorum regum heroumque historie stilo eleganti a Saxone grammatico natione Sialandico necnon Roskildensis ecclesie preposito... (In fine :) *Impressit in inclyta Parrhisiorum...* 1514. — Liutprandi Ticinensis ecclesiæ Levitæ rerum gestarum per Europam ipsius præsertim temporibus libri sex. *Venundantur ab Jodoco Badio Ascensio et Joanne Parvo.* (Marque de Jehan Petit sur le titre. A la fin :).... *Impressa...* 1514. — Pauli Diaconi ecclesiæ Aquilegiensis historiographi percelebris de origine et gestis regum Langobardorum libri VI. *Venundantur ab Joanne Parvo et Jodoco Badio Ascensio.* (Marque de J. Petit sur le titre. A la fin :) *Impressa anno* 1514. Le tout en 1 vol. in-fol. v. f. compart. à fr. tr. dor. (*Rel. du temps.*)

Ouvrages rares. Beaux exemplaires.

4. BIOGRAPHIE.

227. VALERIUS MAXIMUS nuper editus. *Venetiis, in ædibus hæredum Aldi et Andreæ soceri,* 1534, in-8, v. f. dos orné, tr. dor.

Exemplaire de LONGEPIERRE, avec les insignes de la *Toison-d'Or* sur le milieu et sur les coins de la reliure. Il provient de la vente J.-J. DE BURE.

228. LA GALLERIE DES FEMMES FORTES, par le P. Pierre le Moyne. *Leiden, Jean Elsevier,* et *Paris, Charles Angot,* 1660, pet. in-12, frontisp. gr. et figures,

mar. v. foncé, fil. à fr. dent. intér. tr. dor. (*Bauzonnet-Trautz.*)

Charmant exemplaire de cette jolie édition, rare et recherchée. Hauteur :
130 mill. 1/2.